리얼 공포 스릴러
Real fear thriller

우리 동네 노래방

The Local karaoke

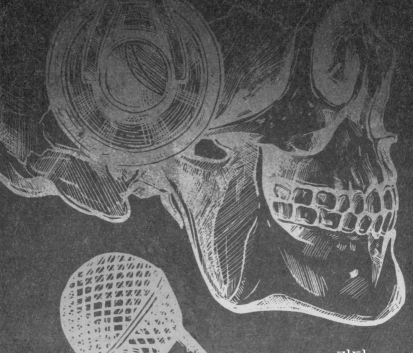

깃털 지음

청어

우리 동네 노래방

깃털 지음

발 행 처·도서출판 **청어**
발 행 인·이영철
영   업·이동호
기   획·이용희
편   집·방세화
디 자 인·이해니 | 이수빈
제작부장·공병한
인   쇄·두리터

등   록·1999년 5월 3일
(제321-3210000251001999000063호)

1판 1쇄 인쇄·2018년 11월 10일
1판 1쇄 발행·2018년 11월 20일

주소·서울특별시 서초구 효령로55길 45-8
대표전화·02-586-0477
팩시밀리·02-586-0478

홈페이지·www.chungeobook.com
E-mail·ppi20@hanmail.net
ISBN·979-11-5860-591-9(03810)

이 도서의 국립중앙도서관 출판시도서목록(CIP)은 서지정보유통지원시스템 홈페이지
(http://seoji.nl.go.kr)와 국가자료공동목록시스템(http://www.nl.go.kr/kolisnet)에서 이용
하실 수 있습니다.(CIP제어번호: CIP2018034416)

우리 동네 노래방

 작가의 말

이 소설은 공포와 스릴러가 결합된 장르입니다. 소스라치게 놀랄만한 장면이나 혹은 감각적인 면을 자극하는 피상적인 표현은 많지 않습니다. 저는 이야기가 가지고 있는 힘을 믿으면서 그 이야기가 전개되는 방식에 많은 노력을 기울이는 편입니다.

그래서 이야기를 읽다가 보면 자신도 모르게 다음이 궁금해지는 글을 쓰는 것이 저의 목표이기도 합니다. 한번 읽기 시작하면 자신의 페이스를 잃어버리고 완전히 몰입하여 결국 마지막 장을 보고 나서야 읽기를 멈출 수 있는 글.

처음에 시작된 글쓰기가 영화 시나리오였고, 그래서 그런지 저의 글은 한편의 영화 시나리오처럼 느껴질 수도 있습니다. 그리고 그런 의미에서는 저의 글이 유려하거나 혹은 화려하지는 않을 수 있습니다. 저는 문학을 전공한 정통 순수 문학가는 아닙니다.

그런 이유로 저의 글을 보시는 독자분들께서 저의 문체에 그리고 저의 표현방식에 실망하실 수도 있습니다. 하지만 제가 자신 있게 말씀드릴 수 있는 것은 장르문학을 접하면서 기대할 수 있는 재미를 이 책은 충분히 줄 수 있다는 사실입니다.

저는 우리나라의 도서시장이 저변이 확대되고 많은 하위부류의 문학도 많이 활성화되어야 한다고 생각하는 사람입니다. 그런 큰 시장 아래에서 많은 하위(수준이 하위라는 것이 아니라 주류에 반한 비주류라는 뜻이 강한)문화를 바탕으로 훌륭한 작품들이 탄생할 기회도 많아진다고 생각합니다.

저의 글이 좋은 주인을 만나서 또 나름의 모티브가 되어 다른 분들이 더 좋은 작품을 만드는데 하나의 기폭제가 될 수 있다면(표절하라는 것이 아니라 건강한 자극의 의미) 행복할 것 같습니다. 지금 이 글을 쓰는 것이 10월 말이니까 책이 나와서 독자분들께서 이 글을 볼 수 있을 때는 겨울이 아닐까 생각해 봅니다.

부디 싸늘해지는 계절에 건강에 유의하시길 바라면서 작가의 말을 마무리 지을까 합니다. 마지막으로 언제나 저의 힘이 되어주시는 부모님과 저의 말벗으로 작품 활동에 많은 도움을 준 저의 친구들에게 깊은 감사를 드립니다.

경기도 남쪽에서
깃털

 **차 례**

리얼 공포 스릴러

우리 동네 노래방

깃털 지음

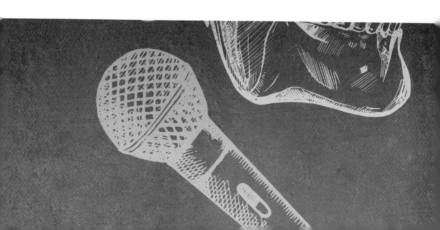

등장인물은 실명을 사용하였으나,
이야기는 전적으로 작가가 만든 허구입니다.

1

후두둑……

아무것도 보이지 않는 칠흑 같은 어둠속에서 발버둥을 치자 위에서 뭔가가 떨어져내려 왔다. 아이는 그것이 무엇인지 볼 수가 없었다. 다만 입속으로 조금 떨어져 들어온 그것을 맛보았다.

흙이었다.

그것은 흙이었다. 아이는 단 몇십 센티조차도 움직일 수 없다는 것을 알고는 갑작스럽게 공포심이 밀려왔다. 자신이 어디에 어떻게 감금되었는지는 모르지만 관처럼 아주 좁은 상자에 갇혀있고 위에서 흙이 떨어지는 걸로 봐서는 땅속에 그 상자가 묻혀 있는 것이라고 짐작해 볼 수 있었다.

아이는 소리를 질러보았다.

"아~!"

하지만 아이의 목소리는 마치 커다란 벽 안에서 소리지르는 것처럼 조금은 반사되어 다시금 관속으로 되돌아오는 것처럼 느껴졌다. 어두워서 아무것도 보이지 않았지만 아이는 자신의 배 위에 무언가가 놓여 있는 것을 느낄 수 있었다. 아이는 손을 들어서 자신의 배 위에 올려진 물건을 집어 들었다. 무슨 소형 카세트처럼 보이는 그 물건을 쥔 아이는 이리저리 물건을 만져보다가 스위치처럼 생긴 부분을 힘을 주어 눌러보았다.

"챠르르르~"

하는 소리를 내면서 그 기계가 작동하였다. 그것은 소형 카세트가 분명했다. 그 카세트의 안에는 테이프가 들어가 있었고 플레이 버튼을 누르자 카세트는 작동하여 소리를 내기 시작했다. 테이프에서는 노래가 흘러나왔다.

"처음 느낀 그대 눈빛은 혼자만의 오해였던가요."

아직은 어린 아이였지만 아이는 익히 들어봤던 익숙한 노랫소리에 잠시 동안 공포감을 잊을 수 있었다.

"나의 모든 사랑이 떠나가는 날이. 당신의 그 웃음 뒤에서 함께 하는데 에."

아이는 너무나도 고통스러운 나머지 정신을 차리기가 힘들었지만 카세트에서 흘러나오는 노래는 조금은 아이의 마음을 진정시켜 주었다. 아이는 생각해보았다. 하지만 이전 며칠? 아니 몇 시간일지도 모를 얼마간의 과거가 기억나지 않았다. 자신이 무슨 약을 먹은 것일까?

아이는 자신이 이곳에 갇히게 된 이유와 사건을 기억해
내지 못하고 있었다.

분명 누군가에게 납치를 당한 거 같았지만 왜 누가
그리고 어떻게 자신이 납치되었는지를 기억해내지 못하
고 있었다. 아이는 학교에서 파하고 집으로 돌아가는 길
에 누군가가 다가와서는 길을 물어본 일을 기억했다. 그
리고 그 사람이 내미는 사탕을 하나 건네받았고 그것을
먹은 뒤로 기억해내지 못하고 있었다.

이제 겨우 초등학생인 그 아이가 감당하기에는 너무
나도 커다란 고통이었다.

"조용한 밤이었어요."

계속해서 흘러나오는 노래는 모두 다 좋은 곡이었지
만 아이의 생각이 자신을 이런 처지로 몰아넣은 그 납치
범이 자신에게 남긴 물건이고 노래라는데 미치자 아이
는 그 노래가 저주스럽게 느껴졌다. 하지만 지금 이 순

간 이 노랫소리마저 없었다면 어떻게 되었을까 하고 생각해보니 그렇게 노래가 고마울 수가 없었다.

아이는 지방의 어떤 한적한 공동묘지의 한 묘비 앞에 생매장되었다. 밤에 몰래 들어와서 관을 묻어버렸으니 아무도 그런 그 묘비 아래에 납치된 아이가 있으리라고는 상상하지 못했다. 납치범들은 아이가 절대로 발견되지 않을 것이라고 자신했다. 그런 인적 드문 묘지의 한쪽 구석에 있는 묘를 살펴보려고 오는 사람은 없을 것이라고 확신했다.

아이는 시간이 지날수록 더 힘겹게 죽음과 싸웠다. 팔다리는 저려 왔고 숨을 쉬기 불편한 정도로 밀폐되어 있었다. 무엇보다도 물을 마실 수 없어서 극한 갈증에 시달렸다. 의식이 몽롱해졌다가는 다시 깨어나서 격하게 흥분하기를 수십 번도 더 반복하였다. 울면서 애원하고 살려달라고 신에게 외쳐보았지만 어떤 반응도 얻을 수 없었다.

"사랑했지만~ 그대를 사랑했지만 아아~"

김광석의 노래가 다섯 번째로 반복되던 순간에 아이는 정신을 잃고 만다. 더 이상의 의식도 더 이상의 희망도 말 그대로 희망이 될 수 없음을 알게 된 아이는 모든 것을 포기하고 만다. 그리고 그렇게 아이가 삶을 포기하게 되자 아이에게는 또 다른 갈망이 고개를 들었다. 자신을 그렇게 만든 존재에게 되갚아 주고 싶다는 욕망, 그 복수심이 고개를 들었고 아이는 죽을 것 같은 힘을 다 쏟아 부어서 카세트 안의 노래 테이프를 관 밖으로 내보내기 위해 안간힘을 썼다.

아이가 테이프를 간신히 관에 생겨 있는 작은 균열을 통해 밖으로 내밀었을 때 아이는 이제 아무 의식도 갖지 못하고 깊은 잠에 빠져들었다. 얼마의 시간이 지났을까? 하루? 일주일? 한 달? 일 년? 어쨌건 어느 정도의 시간이 지난 뒤에 그 묘지에 온 어떤 아이가 그 테이프를 발견하게 된다.

그 아이는 천진한 모습으로 어떤 구석의 묘비 아래에 묻히듯이 숨겨져 있던 작은 노래 테이프를 발견하고는 같이 놀러온 삼촌에게 보여주면서 말했다.

"삼촌, 이거 봐봐. 테이프인데?"
"마루야 버려. 더러워."

하지만 마루라는 아이는 그 테이프를 주워들고는 신기한 듯 들어 올려서 보고 있었다. 아이는 그 테이프의 소리를 듣고 싶어서 자신의 호주머니에 그 테이프를 넣고는 자신의 손을 잡아 이끄는 삼촌과 함께 차를 타고 그 묘지에서 떠나갔다.

마루가 차 안에 들어가서 앞자리에 있는 카세트테이프 플레이어에 테이프를 넣고 플레이시켰다. 차 안은 유재하, 김현식, 장덕, 김광석의 노래로 가득 찼다. 하지만 마루의 삼촌은 그 테이프가 자신이 관 속에 넣어둔 그 테이프라고는 생각하지 못했다. 시내 거리의 어느 가판대에서나 쉽게 구할 수 있는 노래 테이프라고 생각한 것이다. 조카인 마루를 데리고 아이의 묘가 그대로 인지를 보러왔던 삼촌에게 테이프의 존재는 중요한 것은 아니었다.

ㄹ

마루는 이제 25살이 된 생일날 우울하게도 일을 하
고 있었다. 마루는 노래방에서 알바를 하고 있다. 대학
4학년이 된 마루는 어느 대학의 작곡과에서 공부하고
있다. 그리고 언젠가는 정말 멋진 노래를 만들어서 자신
의 능력을 증명해보이겠다는 야심을 가지고 있었다. 그
래서 아르바이트도 노래와 관련이 있는 노래방에서 하
고 있었던 것이다. 하루에 6시간씩 시내의 한 노래방에
서 아르바이트를 한 지도 벌써 5개월째로 접어들었다.

어쩔 수 없이 시간을 때우면서 방에서 들려오는 노랫
소리를 듣고 있자면 뭔가 처량한 느낌도 들었지만 노래
를 들으면서 돈도 벌 수 있다고 생각하면 그래도 자신

은 행복한 거라고 자위하고는 했다. 오늘도 술에 취해 소란스럽게 들어온 자기또래의 젊은이들을 방으로 안내하고 주문을 받은 뒤 음료를 갖다 주고 자리에 돌아와 앉았다. 아, 그런데 방금 들어간 젊은이들 방에서 노랫소리가 흘러나왔다.

"처음 느낀 그대 눈빛은 혼자만의 오해였던가요."

중저음의 굵은 남자 목소리가 그렇게 유재하의 노래를 부르는 소리가 들려왔다. 마루도 좋아하는 노래였다. 특히나 조용히 읊조리듯이 자신의 마음을 상대방에게 들려주듯이 흘러나오는 멜로디가 마루에게는 정말 매력적으로 다가왔다.

마루는 유재하를 좋아했다. 그렇게 아름다운 노래를 남기고 교통사고로 죽어간 그의 운명이 드라마틱하기도 했지만 무엇보다도 그가 남긴 노래들은 뭔가 사람의 마음을 끌어당기는 마법 같은 것이 있다고 생각했다.

"어제는 떠나간 그대를 잊지 못하는 내가 미웠죠."

마루가 조용히 노래를 따라 부르면서 말했다.

"유재하 좋죠. 너무 좋죠."

그렇게 유재하의 노래에 잠시 넋을 놓고 있던 마루 앞에 다시 한 무더기의 손님들이 들이닥쳤다. 조금 나이가 있는 듯한 아저씨들이 들어와서 마루에게 말했다.

"야! 안내해! 빨리."
"네, 몇 분이시죠?"

마루의 질문에 한 명이 손가락을 들어보였다. 다섯 명이었다. 마루는 손님들을 비교적 넓은 방으로 안내하고 주문을 받았다. 아저씨들은 모두 음료수를 시켰고, 마루는 수백 번도 더 반복한 서빙을 한 뒤로 자리로 돌아왔다. 특별한 것은 없는 또 다른 하루가 지나가려고 하고 있었다.

마루는 늦게까지 일을 하고 밤이 깊어서야 주인과 교대를 하고 퇴근한다. 보통 12시 이후에는 주인이 직접 나와서 늦게까지 일테면 새벽까지 일을 하고 문을 닫고 퇴근한 뒤 다음날 늦게 나오는 것이다.

　그날도 그런 평범한 하루 중에 하나라고 생각했다. 마루는 작곡과를 다니고 있었기 때문에 싱어송라이터들에게 관심이 많았다. 스스로 곡을 만들고 또 자신이 만든 노래를 불러서 많은 감동을 주는 가수들에게 관심이 많았던 것이다. 특히나 마루는 젊은 나이에 목숨을 잃은 천재적인 가수들에게 더 주의를 기울였다.

　예를 들면 유재하, 김현식, 그리고 장덕이나 김광석 같은 가수들은 죽어서 더욱 이름을 날린 그런 천재들이라고 생각했다. 그래서 마루는 그런 가수들의 노래를 많이 듣고 또 여러모로 살펴보면서 어떤 점이 그런 천재성을 드러내는지를 연구하는 경우도 많았다.

　하지만 그런 가수들의 노래를 자세히 들여다 볼 때마

다 마루가 느끼는 것은 자신의 평범함뿐이었다. 아! 나는 왜 이런 노래를 만들어내지 못할까?

그런 자신의 평범함에 대한 반복적인 실망은 자칫 우울감이나 열등감으로 이어질 수도 있는 것이었다. 잠깐 동안 눈을 감고 노랫소리를 음미하던 마루가 깜짝하고 정신을 차렸다. 잠시 졸았었던 모양이다.

그런데 이상한 것은 노래방이 너무 조용하다는 것이다. 노래방은 조용할 여유가 없이 돌아가기 마련이다. 손님이 아무도 없다면 모를까 그 넓다면 넓은 노래방에 손님이 하나만 있어도 노랫소리가 들려오기 마련이다.

마루는 이상하게 생각하고 일어나서 노래방 복도를 따라서 안으로 걸어가면서 방을 둘러보았다. 아무도 없었다. 마루는 아무 생각 없이 한쪽 구석의 노래방으로 들어가서 노래방 기기에 노래를 입력했다. 예약으로 세 개의 노래를 더 예약하고서야 노래를 부르기 시작했다.

첫 번째 노래는 유재하의 노래, 두 번째는 김현식의 노래, 세 번째는 장덕의 노래, 그리고 김광석의 노래를 차례대로 부르려고 예약했다.

"하지만 이제 깨달아요. 그대만의 나였음을……"

화려한 조명이 천장에서 회전하면서 빛을 비추었다. 그런데 노래방 구석에 회전하는 조명이 비추는 곳에 뭔가가 어른거렸다. 한 아이가 웅크리고 앉아서 그렇게 노래 부르는 마루를 째려보고 있었다.

"허업!"

자신을 노려보는 한 아이의 갑작스러운 출현에 놀란 마루가 그만 놀라서 사래가 들려 기침을 하기 시작했다.

"켁~ 케엑!"

마루가 그렇게 숨을 몰아쉬는데 누군가가 그런 마루

를 뒤에서 흔들었다. 눈을 뜨자 마루의 눈에 들어온 것은 노래방 주인이었다.

"뭘 그렇게 깊이 졸고 있어? 그러다 자겠다."

속 좋은 노래방 주인은 마루가 눈을 뜨고 기침을 멈추자 그렇게 넌지시 핀잔을 주면서 마루에게 그만 퇴근하라고 말했다. 마루는 자신이 꿈을 꾼 것이라는 것을 알았지만 잠에서 깨어나서도 자신을 바라보던 꿈속 아이의 눈빛을 잊을 수가 없었다.

마루는 자신이 항상 지니고 다니는 노래 테이프를 옷 속으로 손을 집어넣어 만지작거렸다. 언제부턴가 그 노래 테이프가 없으면 불안해 하는 자신을 발견하고 마루는 그 테이프를 항상 소지하고 다녔다. 오늘도 마루는 그 테이프를 만지작거리면서 하루를 마무리하고 있었다.

ㅋ

"삼촌, 몸은 좀 괜찮으세요?"

삼촌은 그렇게 물어오는 마루를 바라보고는 생기 없
는 눈빛을 하고선 고개를 살며시 끄덕였다. 마루는 삼
촌이 그렇게 대답해오자 삼촌이 평소에 좋아하는 육포
를 하나 꺼내어서는 내밀었다. 삼촌은 자신이 좋아하는
육포를 마루가 내밀자 그것에 눈길을 주고는 느리게 손
을 들어 육포를 건네받았다. 육포를 한 입 베어 문 삼촌
은 그제야 기분이 좋아졌는지 조금은 또렷해진 시선으
로 마루를 바라보았다.

마루의 할아버지 그러니까 마루의 아버지와 삼촌의

아버지는 상당히 재산이 많은 부유한 축에 속하는 그런 분이셨다. 아주 많이 부유한 사람은 아니었지만 그래도 자식들에게 어느 정도의 유산을 남겨줄 정도의 재력은 가지고 있었던 것이다. 마루의 아버지 그러니까 삼촌의 형이 일찍 세상을 떠나게 되자 재산은 대부분 삼촌에게 상속되었고 삼촌이 이렇게 정신병원에 갇히게 된 이후로 재산은 당연히 손자인 마루에게로 넘어왔다.

평생을 놀고먹을 수 있을 정도로 그렇게 큰 재산은 아니었지만 또래의 친구들에게 비하면 상당히 여유 있는 생활을 할 정도의 재산은 되었던 것이다. 그래서 아르바이트를 하더라도 생활하고 등록금을 벌기위해서 악착같이 해야 하는 어려운 처지의 친구들에 비하면 마치 취미처럼 즐기면서 해도 그리고 그렇게 몇 달간 일하던 알바를 그만두더라도 그다지 생활비가 모자라거나 쪼들리는 상황은 아니었던 것이다.

"얼마 안 있어서 가수들 중에 누군가가 죽게 될 거야."
"네? 뭐라고요? 삼촌?"

삼촌은 그렇게 물어오는 마루를 물끄러미 바라보다가 히죽하고 웃어보였다. 그러고는 마루에게 귀를 가까이 대보라고 시늉을 하였다. 마루는 꺼림칙했지만 삼촌의 컨디션을 생각해서 주저하면서 삼촌의 입가에 귀를 갖다 대었다.

"마루야. 잘 들어. 이건 비밀인데…… 아마 한 달 정도 안으로 여자아이돌 가수 중에 몇 명인가가 사고로 죽을 거야."

마루는 귀를 떼면서 삼촌에게 되물었다.

"네? 뭐라고요? 아이돌이요? 그걸 어떻게 아세요?"

삼촌은 누가 듣고 있을지도 모른다고 생각했는지 의심스러운 눈초리로 주위를 한번 쓱 둘러본 뒤에 다시 마루에게 말했다.

"그리고 그 다음에는 너희 학교에 다니는 인기 남자

아이돌 중에 한 명이 처참하게 죽게 되어 있어."

마루는 삼촌의 병이 또 도지게 된 것이라고 생각했다. 삼촌은 이 병원에 들어오기 오래전부터 이상한 이야기를 하고 돌아다녀서 사람들을 혼란스럽게 만들곤 했다. 사실 정신병 판정을 받은 이유도 지금 이렇게 이야기하는 것처럼 허무맹랑한 이야기를 자주 하고 돌아다녀서였다. 마루는 삼촌의 상태가 많이 안 좋아진 거라고 생각했다.

"삼촌이 좀 상태가 안 좋은 거 같아요. 선생님. 약은 잘 복용하고 있는 건가요?"

삼촌을 걱정하는 마루의 질문에 담당의사는 자신 있게 이야기했다.

"삼촌은 주기적으로 좀 상태가 나빠지는 경향이 있어요. 그리고 마루 씨처럼 자신의 이야기에 귀를 기울여주는 사람이 있으면 과대한 망상증상을 보이기도 하고요."

마루는 의사의 말에 고개를 끄덕였다. 의사와의 상담을 마치고 삼촌을 그 병원에 남겨두고 나오는 마루의 심정이 별로 유쾌하지 않았다. 삼촌은 그래도 혈육인데 저런 병원에 가두어 두고 외롭게 하는 것이 마치 자기의 부덕함 때문이라고 느끼고 있었기 때문이다. 그래도 마루는 가끔 시간이 날 때면 삼촌을 면회하고 건강상태를 체크하는 것 외에는 자신이 해줄 수 있는 일이 많지는 않다고 생각하면서 스스로를 토닥였다.

며칠이나 지났을까? 마루가 무심히 아침에 일어나서 티브이를 켰다. 오전이 많이 흐른 정오가 가까운 시각에 티브이에서는 연예나 뉴스 프로그램이 많이 나오는 시간대였다. 그리고 마루는 한 걸 그룹의 아이돌 여가수 2명이 교통사고를 당해서 사망했다는 뉴스를 접했다.

"어젯밤 10시경 마산에서 공연을 마치고 서울로 귀가하던 걸 그룹 엔젤스의 멤버……"

마루는 깜짝 놀라서 티브이에 시선을 고정했다. 분명

삼촌이 그런 이야기를 했다. 얼마 안 있어 걸 그룹의 아이돌 가수 몇 명인가가 사고로 죽을 것이라는 이야기를 했었던 것이다. 마루는 얼굴이 하얗게 질려서는 삼촌의 이야기가 사실로 나타난 것을 믿을 수 없다는 듯 다른 채널을 돌려가면서 뉴스를 확인했다.

"정말…… 이네. 삼촌 말이 맞는 거야?"

다른 티브이 채널 중 하나에서는 음악평론가인 임지모 씨가 출연해서 아이돌 여가수 2명의 교통사고 사망 소식을 전하고 있었다. 마루는 임지모 씨를 보고 말했다.

"임지모 씨네……. 삼촌친구."

그랬다. 음악평론가로 이름을 날리고 있는 임지모 씨는 삼촌의 오래된 친구였다. 삼촌도 음악에 관심이 많아서 여러 직업을 전전하기는 했지만 한때는 그 유명한 김광석의 매니저를 한 사실을 크게 자랑스럽게 떠벌리고는 했다. 그래서 삼촌의 십팔번이 김광석의 '사랑했지만'인 것은 대충 그런 스토리를 가지고 있었던 것이다.

　마루는 그렇게 가수들의 사고소식을 다 듣고는 학교에 가기 위해 가방을 챙겼다. 그래도 서울에서 중상급에 드는 종합대학교의 작곡과를 다니고 있는 마루는 자부심이 대단했다. 그리고 작곡과에 다니는 학생 중에는 정말 천재적인 실력을 가지고 있는 친구들도 몇 있었다. 마루도 그런 친구들처럼 재능을 가지고 있었지만 좀처럼 그 재능을 보여 주어야 하는 결정적인 타이밍에는 외려 실력발휘에 실패하는 그런 경향이 많은 숨겨진 수재 정도쯤이라고 해야 할까?

　그래도 수재정도로 인정받는 마루는 노력으로 천재와의 격차를 좁히려고 노력했다. 그래서 더욱 비운에 죽어간 천재가수들에게 그렇게 관심이 많은 것일지도 모를 일이었다.

 4

"우리 가요계에서 조용필이라는 인물이 없었다면 어
떻게 되었을까 하고 생각해본 적 있어요?"

작곡과의 음악사 교수인 그가 이렇게 운을 띄우자 학
생들은 조금 웅성거리기 시작했다. 예상했던 반응이라
고 생각했는지 교수는 약간 미소를 띤 얼굴로 다시 이
야기했다.

"조용필. 흔히 가왕이라고 불리고 있죠. 70년대 후반
80년대를 거쳐 90년대까지 그의 영향력을 부정할 수 있
는 사람은 없을 겁니다."

학생들도 교수의 그런 말에 동의한다는 듯 고개를 끄덕이고 있었다.

"조용필의 최대 히트곡이 뭐라고 생각하죠?"
"창밖의 여자요."
"꿈입니다."
"그랬으면 좋겠네."

학생들이 그렇게 조용필의 히트곡을 이야기하자 교수는 손가락으로 그 숫자를 세어보았다. 얼핏 생각나는 것만 불러보아도 십여 곡 이상이었다. 만족스러운 듯 교수가 손가락을 거두어들였을 때 젊은 학생들로서는 이해하기 힘든 점이 발견되었다. 비단 사랑노래도 말할 수 없이 많다고 느껴졌지만 의외로 조용필의 노래는 인생에 대한 주제가 많았고 남녀 간의 사랑을 주제로 한 노래는 생각보다 적다는 것이었다.

'꿈', '그랬으면 좋겠네', '어제 오늘 그리고', '친구', '바람의 노래', '돌아와요 부산항에', '킬리만자로의 표범', '그

겨울의 찻집' 등 물론 '단발머리', '모나리자', '촛불' 등 사랑을 주제로 한 노래도 있었지만 다른 가수들에 비하면 많지는 않은 비율이었던 것이다.

"조용필은 10년 아니 20년 가까이 한국 가요계를 지배했다고 해도 과언이 아닐 만큼 오랫동안 최고의 자리를 지킨 소위 가왕이라고 할 수 있어요. 왜 그런 자리를 그렇게 오랜 기간 유지할 수 있었을까요?"

잠시 학생들의 반응을 살피던 교수가 다시 이야기했다.

"인생을 노래한 것, 일시적인 유행을 따르지 않고 자신만의 이야기를 노래한 것, 전자적인 사운드, 그러니까 그 당시의 용어로는 신디사이저를 이용한 사이키델릭한 사운드를 처음 유행시킨 것, 또 한 가지 자식이 없는 것."

그렇게 필수 교과목 중에 하나인 한국대중가요사를 청강하고 나오는 마루는 뭔가 골똘히 생각하면서 자리에서 일어났다. 조용필이 한국에 신디사이저를 도입한 거의 최초의 가수라는 사실은 처음 알게 된 사실이었고 그래서 뭔가 시사하는 바가 크다고 마루는 생각했던 것이다.

정신을 팔고 좀비처럼 강의실을 걸어 나오던 마루가 누군가와 부딪혀 책을 와르르 하고 떨어뜨리고 나서야 마루는 정신을 차리고 주위를 살폈다. 자신의 눈앞에 누군가가 무릎을 꿇고 떨어진 책을 주워 담는 것을 보고 마루도 무릎을 꿇어 책을 주워 들었다.

"미안합니다. 여기요, 책."

마루가 그렇게 책을 내밀자 부딪친 상대방이 고개를 들어 마루를 쳐다보았다. 같은 과의 동기생인 미소였다. 마루는 그렇게 크고 아름다운 눈은 처음 보았다는 듯한 눈빛으로 미소를 쳐다보았다. 평소 관심이 많았지만 용기가 나지 않아 말 한 번 붙여보지 못한 짝사랑의 상대였다.

하지만 평소와 다르게 마루는 그런 미소를 보고 긴장하지 않았다. 마루는 생각했다. 다 조용필 덕분이라고. 정신이 조용필에게 팔려 있던 마루로서는 긴장해야 할 마음의 잉여분이 온통 조용필에게 쏠려 있어서 긴장할 여력을 잃었던 것이다.

평소와 다르게 자신을 보고도 쑥스러워하지 않는 마루의 태도에 과에서 천재라고 통하는 미소가 왠지 모르게 마음이 끌렸다. 마루가 책을 다 주워주고 다시 발걸음을 돌려 지나가면서 다시 강의내용을 생각하려고 할 때 미소가 그런 마루에게 말을 걸어왔다.

"마루야. 이번 주말에 우리 동아리에서 자작곡 발표회가 있는데 너도 올래?"

마루는 뭔가에 머리를 얻어맞은 듯한 멍청한 표정을 지으면서 미소를 바라보았다.

"나…… 나? 말야?"

"그럼 너지 여기 누가 있다고?"

마루는 어색하게 손가락으로 자기를 가리키면서 믿기지 않는다는 표정을 지었다. 미소가 그런 마루에게 말했다.

"마루야. 너 작사실력이 대단하다는 이야기를 들었거든. 다른 애들이 그러더라? 너 작사 잘 한다고."

마루는 자신을 가리키던 어색한 손가락을 이제 뒷머리에 갖다 대고는 어색하게 머리를 쓰다듬었다. 미소의 그런 칭찬이 싫지 않았던 것이다.

"아~! 작사!"

미소에게 발표회에 꼭 참여하겠다는 약속을 하고 다음 강의를 듣기 전 공강 시간에 혼자 빈 강의실에서 요즘 유행하는 노래들을 골라서 분석해보려고 했던 마루는 기분이 좋아져서는 혼자 노래를 흥얼거리면서 빈 강의실로 향했다.

다음 주의 한국대중가요사의 주제가 유재하라고 예고한 교수님은 과제로 유재하의 전곡을 한 번씩 다 듣고 오라고 하셨고 마루는 이미 수백 번도 더 들었던 유재하의 유작곡들을 다 외워서 가사를 적을 수 있을 만큼 잘 알고 있었던 것이다.

"처음 느낀 그대 눈빛은 혼자만의 오해였던 가요. 해맑은 미소로 나를 바보로 만들었소~!"

왜 이 유명한 유재하의 노래를 부르면서 미소를 떠올리는지를 마루는 알 수 없었다.

5

마루는 한국대중가요사라는 과목을 좋아했다. 물론 교수의 강의내용도 좋았지만 마루가 좋아하는 가수들이 가요사에서 차지하는 비중을 설명하는 교수의 평가를 듣고 있자면 마치 자신이 그런 가수들이 된 것처럼 자부심이 느껴졌다. 마루는 그런 가수들의 반열에 오르지 못할 거라고 가끔 생각했다. 하지만 그런 생각이 들면 들수록 마루에게는 어떤 자극제가 되어 돌아왔고 마루는 자신의 부족함을 채워줄 울분과 자신에 대한 실망마저도 필요한 쓴 약과 같은 거라고 생각했다.

그리고 그런 마루의 생각을 바꾸어준 것은 한국대중가요사의 리포트 과제물을 내어준 교수의 의도였다.

"자 이번 한국대중가요사의 중간고사는 리포트로 대체하겠어요. 리포트 주제는…… 가수 유재하의 노래와 그의 죽음이 한국대중가요에 미친 영향입니다."

마루는 자신이 흥미 있는 분야에 대한 리포트를 내준 교수에게 속으로 감사드리면서 강의실을 나왔다. 이번 중간고사 점수는 이미 따놓은 에이라고 자신하는 마루는 집에 돌아와서 리포트를 어떻게 써야 할지에 대해서 구상을 한다. 그리고 마치 무슨 마법에라도 이끌린 듯 마루는 유재하와 김현식의 인맥에 주목한다.

유재하와 김현식은 같은 멤버로 음악생활을 한 친구간이었다고 한다. 마루는 그런 유재하와 김현식의 인맥을 중심으로 80년대와 90년대의 한국대중가요에서 유재하가 차지하는 비중을 조명해볼 생각이었다.

김현식. 간경화로 죽어가기까지 쥐어짜내는 혼신의 목소리로 '내 사랑 내 곁에'를 부른 투혼의 가수. 그리고 그의 친구이면서 하나의 앨범을 내놓고 비운의 교통사고로 유명을 달리한 천재적인 싱어송라이터. 그 둘의 죽음과 대중음악에 미친 영향은 마루가 언뜻 생각하기에도 많은 이야기 거리가 나오고 또 드라마틱한 음악 이야기를 이끌어낼 수 있는 소재라고 느꼈다.

유재하가 조용필의 위대한 탄생의 멤버였다는 것은 익히 알려진 사실이다. 그리고 유재하가 자신의 앨범에 실은 '사랑하기 때문에'는 이미 조용필이 먼저 불러서 익히 알려진 노래였다. 유재하는 이미 가왕인 조용필에게까지 영향을 미친 그런 작곡가이기도 했다.

그런데 바로 여기까지가 마루가 정상적으로 알고 있는 유재하에 대한 드러난 인간사이다. 마루가 유재하와 장덕이라는 두 개의 검색어를 동시에 검색창에 입력하고 누른 순간이 바로 마루의 정상적인 시각을 바꾸어버리는 분기점이 되고 만다.

"유재하와 장덕."

검색어에 무심히 그렇게 치고 아무런 기대도 하지 않고 엔터를 눌렀다. 마루는 별다른 이야기가 나오지 않을 것이라고 생각하고는 건성으로 모니터를 보았다. 유재하와 장덕이라는 검색어가 동시에 검색된 웹문서가 몇 건 정도 나왔다.

"일찍 죽은 천재 작곡가들…… 으흠?"
"유재하, 장덕 90년대 싱어송라이터…… 으흠?"

그렇게 모니터를 훑어가던 마루의 눈에 한 가지 웹문서가 들어왔다.

"서울 동서울성당."

마루는 그냥 무심히 마우스를 스크롤하여 문서를 훑어가면서 내리던 중 이 웹문서를 지나치려하다가 문득 마우스를 멈추고 살펴보았다.

"서울 동서울성당?"

마루는 그 웹문서를 살펴보았다.

"서울 동서울성당…… 신자 중 연예인. 장덕…… 흐음?"

마루는 그 글귀를 훑어서 옆으로 읽어나갔다.

"장덕…… 유재하……"

그랬다. 무슨 우연인지는 모르지만 유재하와 가수 장
덕은 같은 성당의 신자였던 것이다. 마루는 신기했다.
유재하가 의외로 많은 가수들과 연결되어 있었던 것이
다. 지금까지 마루가 알고 있는 사람만도 김현식, 조용
필, 그리고 봄여름가을겨울의 전태관과 김종진 역시 유
재하와 알고 있는 사람들이었다. 그리고 장덕이 그런 유
재하와 같은 성당 소속이었던 것이다.

마루는 재밌는 생각이 들었다.

"혹시?" 하는 생각에 마루는 유재하와 김지훈이라고

똑같이 검색어를 검색창에 올려보았다. 마루는 혹시나 하는 마음에 가늘게 눈을 뜨고 검색결과를 살펴보았다. 별다른 것은 없었다. 그냥 평범하고 연관 없는 이야기들만이 모니터를 채우고 있었다. 마루는 김지훈 그러니까 그룹 투투의 멤버였고 일과이분의 일을 깜찍한 황혜영과 같이 불러서 유명해졌으며 듀크라는 남성 듀오로 활동하다가 자살을 한 김지훈의 프로필을 살펴보았다.

"김지훈 생일, 1972년 5월 5일…… 생일이 어린이 날이네. 5월 5일?"

마루는 설마 하면서 유재하의 프로필을 확인했다.

"유재하 생일, 1966년 5월 5일."

유재하의 생일을 확인한 마루의 동공이 가볍게 떨려왔다. 이게 무슨 우연이지? 그랬다. 자살한 김지훈과 유재하는 생일이 같았다. 우연이라고 하기에는 참 뭐라고 말하기 힘든 어떤 연관성이 느껴지는 대목이었다. 그 순간 정말 소름끼치는 목소리가 들려왔다.

"처음 느낀 그대 눈빛은…… 크크크크."

그런 쇳소리 같은 노랫소리에 화들짝 놀란 마루가 자리에서 벌떡 일어났다. 주위를 둘러보았다. 아무도 없었다. 소리가 들릴 만한 통로를 찾지 못한 마루가 불안해하면서 자리에 앉았다.

마루는 알지 못했다. 그 노랫소리가 들려온 곳을……. 마루의 바지 주머니 안에는 그 옛날 노래 테이프가 고스란히 모셔져 있었고, 그 테이프가 챠르르 하고 돌아가기 시작하자 마루에게 노랫소리가 들려왔다. 마루는 그런 테이프가 돌아가고 있으리라고는 상상도 하지 못했다.

6

마루는 유재하가 의외로 많은 사람과 연결되어 있다
는 사실을 발견하고 재미있다고 생각했다. 마루는 그런
유재하의 인맥이 마치 케빈 베이컨의 6단계 법칙을 연
상시킨다고 느꼈다. 케빈 베이컨 그는 미국의 영화배우
이다. 물론 수많은 영화에 출연한 중견배우이긴 하지만
또 그렇게 이름이 알려진 유명 배우는 아니다. '리버와
일드', '퀵실버', '풋루즈' 등의 영화에 출연했고 영화인
들 사이에서는 개성파 배우로서 이름이 높은 사람이다.

케빈 베이컨의 6단계 법칙이란 영화에 관계된 사람들
중에 케빈 베이컨과 연결되기 위해 우리는 최대한 6명
의 단계만 거치면 반드시 케빈 베이컨과 연결된 사람에

도달한다는 법칙이다. 한 번은 케빈 베이컨이 대학생들에게 인기 있는 토크쇼에 출연한 적이 있었다. 그는 3명의 대학생들과 함께 출연했는데, 이들은 케빈이 신이라는 것을 증명하겠다는 다소 황당한 이유로 출연했다. 이 대학생들은 청중들이 영화배우 이름을 댈 때마다, 그 배우가 케빈 베이컨과 어떻게 연결되는지를 척척 보여 줬다. 신기하게도 할리우드 영화배우들 대부분은 두 단계 또는 세 단계만 걸치면 케빈 베이컨과 연결됐다.

예를 들어 록의 황제 엘비스 프레슬리는 '체인지 오브 해빗'이라는 영화에서 에드워드 에스너라는 배우와 함께 출연한 적이 있는데, 애드워드 에스너는 'JFK'에 출연했고 케빈 베이컨 역시 이 영화에 출연해 엘비스 프레슬리와 두 단계만에 연결됐다.

마루는 그런 연결이 우연인지 혹은 필연인지는 모르겠지만 유재하가 만약 그런 6단계 법칙의 주인공이라면 유재하의 영향력은 우리가 알고 있는 것 이상으로 대단해질 거라고 마루는 생각했다. 마루에게 있어 유재하는 신과같이 추앙받는 존재였고 마루가 되고 싶은 롤 모델이라고 할 수 있었다. 유재하에게 집중하는 마루의 집착에 기름을 쏟아부어버린 것처럼 마루는 유재하와 연관이 있는 사람들을 수집하기 시작했다.

"신해철…… 신해철이 신인가수시절 한 음악대회에 참가한 적이 있는데 신해철에게 대상을 수여한 심사위원이 바로 조용필이다. 그리고 조용필은 알고 있는 것처럼 유재하와 관계가 있다."

마루는 조금은 억지스러운 경우에 있어서도 유재하와의 연관성을 찾기 위해 이야기를 만들어내는 경향까지 있었다.

"가수 진미령, 장덕에게서 소녀와 가로등이라는 곡을 받고 국제가요제에서 출전해 입선하게 된다. 장덕과 유재하는 같은 성당의 신자이다."

끼어 맞추기식 인맥 찾기는 계속되었다.

"작곡가 이형훈, 이문세의 많은 노래를 작곡한 작곡가. 이문세는 유재하가 작사 작곡한 '그대와 영원히'를 불렀다."

하지만 마루의 그런 작업은 어떤 의미에서는 진정한 유재하라는 싱어송라이터의 위상을 제대로 평가하기 위한 하나의 밑 작업처럼 하나하나 벽돌을 쌓는 격이었다. 마루는 이 유재하의 6단계 법칙을 증명하기 위한 증거를 하나하나 수집하면서 자신이 미처 몰랐던 그의 영향력을 발견하는 과정이 하나의 큰 기쁨을 준다는 것을 알게 되었다.

80년대 후반과 90년대 초반의 한국가요에 커다란 영향력을 발휘했던 한 비운의 가수에 대한 오마쥬는 그렇게 시작되었다.

"박중훈, 배우이면서 자신의 출연작인 '라디오스타'에서 '비와 당신'이라는 주제곡을 불렀음. 배우 안성기와는 막역한 사이이다. 안성기와 조용필은 서울 경동중학교

동기동창이고 알다시피 조용필은 유재하와 알고 있다."

캐면 캘수록 속속들이 드러나는 유재하와 가수들의 연결은 그것이 비단 하나의 숨겨진 계보처럼 세상 사람들에게 잘 알려지지 않은 그들 사이의 인연만으로 점철된 듯이 보이기도 했지만 이 세상을 살아가는 동시대의 사람들이 어떤 식으로 인연을 맺고 서로 영향을 미치며 또 어떤 것을 지향하고 있는지에 대해서 시사 하는 바가 크다고 생각했다.

마루는 그렇게 유재하의 영향력을 유재하와 연결 지을 수 있는 가수들의 인맥을 통해서 드러내는 방법이 이번 리포트를 작성하는 주된 콘셉트가 될 수 있겠다고 생각했다.

마루는 미소와 만난 자리에서 미소에게 그런 이야기를 해보았다. 미소는 마루의 그런 며칠간의 작업 이야기를 듣고 흥미가 간다는 표정을 하고서는 마루의 이야기를 잘 들어주었다. 마치 서로간의 이야기를 통해 자신이 가지고 있는 심미안을 보다 구체화하고 예술적으로 표현할 수 있는 실마리라도 발견한 것처럼 둘은 그렇게 이야기를 나누었다.

"그럼 이번 중간고사의 일등은 마루인거야?"
"엥? 그렇게 되고 마는 거야?"

마루가 농담으로 그렇게 받아치자 미소도 깔깔 소리를 내면서 웃었다. 평소에는 많이 쾌활하고 명랑한 미소는 그러나 곡을 만들거나 노래를 하는 동안에는 그렇게 진지할 수가 없었다. 오늘 마루와 함께 모인 동아리방에서는 그동안 회원들이 만든 곡을 발표하고 비평하는 시간이 마련되었다. 마루는 작사를 도와주기 위한 외부 옵져버로서 미소가 회원들의 양해를 구하고 이 자리에 참석했다.

정말로 진지하고 조용한 분위기가 일순간 깨지는가 싶더니 그리 크지 않은 동아리방의 문이 열리고 누군가가 들어왔다. 멋지게 생긴 비주얼의 한 남자. 지금 한창 인기가 치솟고 있는 보이그룹 '밀리언'의 멤버 중 한 명이 들어왔다. 회원들의 시선이 일순간 그런 그에게 쏠렸다. 그 아이돌은 그런 회원들의 시선이 부담스러운 듯 모자를 한번 쿡 하고 눌러쓴 뒤 같이 들어온 회원과 자리에 앉아서 조용히 노래를 들으려하고 있었다.

"누구야?"

마루가 미소에게 묻자 미소가 말했다.

"요즘 인기 있는 밀리언의 리더 몰라? 레오라고?"
"아 밀리언…… 레오? 들어본 거 같아."

미소는 조금 구겨진 표정을 하고는 마루에게 말했다.

"마루야, 넌 다 좋은데…… 너무 옛날 노래에만 빠져 있는 거 아냐?"

하지만 그렇게 이야기하면서 자신의 곡을 부르려고

앞으로 나아가는 미소를 보고 마루는 참 좋았다. 미소와 짧은 시간에 부쩍 친해진 거 같아서 속도가 빨라 약간 불안한 것은 있었지만, 그래도 그 속에는 짜릿한 뭔가가 있었다. 옛날 노래가 주는 안정감도 좋았지만 요즘 노래의 빠른 템포가 주는 짜릿함도 있었던 것이다.

7

"김형사! 이리 좀 와 봐."

반장이 하는 말을 못들은 듯 그냥 책상머리에 앉아서 서류를 뒤적이고 있는 김형사의 어깨를 막내가 툭하고 쳤다. 그제야 고개를 든 김형사가 막내를 바라보았다.

"선배님, 반장님이요."

그렇게 막내의 언질을 듣고 김형사가 반장에게로 갔다.

"찾으셨어요?"

자신을 빤히 쳐다보면서 이야기를 하는 김형사를 측은한 듯 바라보던 반장이 말했다.

"야, 김형사야. 나 좀 살려주라. 거 왜 자꾸 시키지도 않은 짓을 해서 말썽을 일으키냐고."

김형사는 그렇게 이야기하는 반장의 얼굴을 뚫어져라 쳐다보았다. 하지만 뭐라 말하기 힘든 표정을 하고 자신을 바라보는 김형사를 보고 반장은 화를 참았다.

"김형사. 왜 우리 관할 연예기획사 건드리고 다니니. 얼마 전 죽은 여자아이돌 2명, 누구지?"

그렇게 이야기하면서 비교적 젊은 막내를 바라보자 막내가 대답했다.

"아, 네. 필 엔터테인먼트 소속 어 뭐더라? 엔젤스의 두 명이죠."

반장은 그제야 김형사를 보고 다시 다그쳤다.

"그래 엔젤스. 교통사고 나서 두 명 죽었잖아. 우리 관할이긴 하지. 그리고 조사는 해야 되고. 그런데 왜 거기 가서 애들 계약서니 뭐 씨씨티브이니 확인해서 애들 상대로 부당계약이니 노예계약이니 하면서 이것저것 캐고 다니냔 말이야."

김형사는 그렇게 이야기하는 반장에게 말했다.

"반장님. 교통사고가 그냥 난 게 아닐 거라고요. 지나치게 무리한 공연 스케줄이나 혹은 심하게 부려 먹다 보니 그런 부작용으로 교통사고가 날 수 도 있는 거 아닙니까……."

"알았어. 그래 그건 맞는 말이라고 치자. 그래서 뭐 발견한 거 있어? 뭐가 혹사시켰든? 매니저나 맴버들은 뭐래?"

김형사는 그 부분에서 별다른 증거를 찾지 못한 자신

없는 태도로 말했다.

"특별한 건 발견하지 못했습니다. 단순 교통사고인 거 같긴 합니다. 저와 막내가 증언을 토대로 그때 상황을 재연? 시뮬? 해보았습니다. 빗길 고속도로에서 멤버를 싣고 달리던 미니버스 그러니까 밴이라고 흔히 말하는 차량이 미끄러지면서 가드레일을 들이받았고 두 명이 사망했습니다."

반장이 말했다.

"무슨 특이할 만한 사항. 매니저의 부주의나 혹은 차량결함이나 도로상의 장애물이나 뭐가 있어?"

막내가 끼어들었다.

"그런 거 발견하지 못했습니다. 다만……"
"다만?"

김형사가 말했다.

"다만…… 차량이 미끄러지는 순간. 뭔가가 차량 앞에 있었다는 증언이 있었습니다."
"뭐가 있었다는 거야? 새벽의 고속도로 위에?"

반장이 믿을 수 없다는 멘트를 날리자 막내가 다시 끼어들었다.

"김 선배와 제가 살아남은 멤버 3명과 이야기를 나누었는데 3명 모두 뭔가를 봤다는 겁니다. 저희는 그게 뭐 같냐고 물었고 3명 모두 한 아이가 도로 위에 있는 것을 보았다는 진술이 나왔습니다."

반장이 피식하고 웃으면서 김형사와 막내에게 말했다.

"지금 나보고 그걸 믿으라는 거야? 현장에서 아이 발견했어? 다른 주변차량에서도 아이 봤대? 지금 우리가 납량특집 하는 거 아니잖아. 정신들 좀 차리고 살자."

김형사가 반장의 말에 고개를 끄덕였다. 반장이 자리에서 일어나 사무실에서 나가기 전에 고개를 돌리고 그냥 넌지시 던지는 말처럼 무심하게 입을 열었다.

"그리고 오늘부터 한 달 동안 김형사 하고 막내 두 명은 3층에 있는 미제사건본부에서 근무하도록 해. 지원요청이 왔고 경찰청장 명령 떨어졌어. 한 달만 도와주고 와. 알았지?"

김형사와 막내는 반장의 그런 말을 듣고 서로 얼굴을 쳐다보았다. 어쩌면 기분전환을 할 수도 있겠다고 싶었는지 그렇게 나쁘게만 볼 일은 아니라고 생각했다.

김형사가 막내를 보고 말했다.

"너랑 같이 가게 되서 다행이다. 내가 좀 얼빵하잖아."

그렇게 말하면서 막내에게 웃어 보이는 김형사의 표정이 해맑았다. 막내도 맘이 잘 맞는 선배와 한 달 동안

부서를 떠나서 일해 보는 것도 괜찮다고 생각했다. 김형사가 엔젤스의 교통사고 조사서를 모아서 탕탕 내리쳐 정리하고 파일에 꽂아 서류함 구석에 던져 넣었다. 물론…… 교통사고를 당한 아이돌 그룹 엔젤스가 무슨 행사에 갔다 왔는지 탐문조사서에는 있었지만 그것을 주목하는 사람은 단 한 명도 없었다.

그 행사는 '유재하 기념음악회'였다.

ᄇ

　김조은 형사. 미제사건부서에 발을 내디딘 순간. 김형
사에게는 뭔가 자신을 향해 밀려오는 기대감 같은 것이
있었다. 많은 미제 사건들이 파일로 정리되어 쌓여있는
것을 보고 김형사는 이 사건들을 해결하고 싶다는 강한
욕구를 느꼈다. 그래서 그는 자신의 마음속에서 생각나
는 해결 아이디어를 하나도 놓치지 않으려고 노력했다.

　그가 대한 첫 번째 사건은 아직까지도 사람들 뇌리
속에 남아있는 듀스 김성재의 사망사건이었다. 김성재
는 사망 당시 솔로로 데뷔하고 활동을 시작한 지 얼마
되지 않아서 호텔에서 변사체로 발견된다. 자살이라고
여기는 사람들도 많았지만 사실은 약물중독에 의한 급

사 판정을 받았다.

김형사는 가수 김성재의 사건파일을 자세히 살펴보는 것으로 일을 시작했다. 사건의 여러 가지 상황과 증거 그리고 용의자들의 진술을 하나하나 살펴보는 김형사는 뭔가 수사의 허점이 있는 것은 아닐까하고 자세히 서류들을 뒤적였다. 김형사에게 소포가 전달된 것이 바로 그때였다. 미제사건부의 사무실에서 그렇게 김성재의 사건파일을 살펴보는 김형사 앞으로 소포가 하나 도달했다.

'서울시 강서경찰본부 강력계 형사 김조은 앞'

소포의 주소는 정확했고 김형사는 자신 앞에 도달한 소포를 살펴보았다. 소포를 살펴보던 김형사는 놀랍다는 표정으로 소포를 돌려보았다. 마치 십 수 년은 더 된 것 같은 낡은 포장지로 싸여있는 소포는 얼핏 보기에도 무척이나 낡아서 헐어보였다. 김형사는 소포를 뜯어보았다. 포장지는 낡고 헤어져서 그냥 손으로 확하고 벗겨

내자 마치 먼지가 닦이듯이 찢어져 내려왔다.

"뭐지?"

소포 안에는 몇 개의 시디가 담겨져 있었다. 유재하, 김현식, 그리고 김성재의 음악 시디였다. 김형사는 고개를 두리번거렸다. 택배를 가장해서 소포를 전달하고 경찰서를 떠나는 그 사람을 불러서 세우고 어떤 경위로 소포가 전해진 것인지를 알아보기에는 이미 때가 늦은 뒤였다.

분명한 사실은 이 소포가 아주 오래전에 붙여졌고 지금 자신에게 도달한 것이 어떤 커다란 음모의 일부분일지도 모른다는 불안감은 확실한 것이었다. 그래서 김형사는 그 소포를 보고 누가 어떤 이유로 그런 소포를 자신에게 보낸 것인지를 추적해야 하는 상황이었다. 그리고 김형사는 그 소포 안에 들어있는 시디의 주인공들이 모두 죽은 가수들이며 그들의 죽음을 통해 뭔가 유추해볼 수 있는 단서가 있을까 하고 생각해보았다.

김형사는 소포를 잘 둘러보았다. 소포에는 보내는 사람의 이름이 적혀 있었다. 보내는 이가 민준호라고 적혀 있었다. 김형사는 이름을 보고는 잠시 생각에 잠기었다. 누구지? 보낸 주소도 적혀 있었다. 서울시 용산구. 김형사는 초등학교 4학년 때 서울 용산에서 살다가 지방으로 전학을 갔다. 그렇다면 준호는? 거기까지 생각이 미치자 4학년 용산에서 초등학교에 다닐 때 친했던 준호의 이름이 떠올랐다. 김형사는 알고 있었다. 준호가 4학년 말에 납치되어 학교가 발칵 뒤집힌 사실을…… 그리고 끝내 준호는 학교로 다시 돌아오지 못했다.

참 어렵사리 그런 과거의 기억을 떠올린 김형사의 뇌리에 스친 것은 김성재가 사망할 당시 연예계에 난데없는 11월 괴담이 돌았다는 사실이었다. 유재하 그리고 김현식, 얼마 안 있어 김성재까지 모두 11월에 사망한 것이 계기가 되어 연예계 스타들의 11월 불행이 집중 조명된 적이 있었다.

"11월에 사망한 가수들…… 그래, 준호도 11월 달에 납치되었지? 아마……"

김형사는 지푸라기라도 잡고 싶은 심정이었다. 마치 납치되어 돌아오지 못한 준호가 자신에게 뭔가를 알려주려 한다고 느껴지자 김형사는 모든 노력을 동원해볼 요량이었다. 그래서 김형사는 집요하게 생각을 집중해보았다. 만약 이 세 명의 가수들이 뭔가 일종의 어떤한 가지 이유에서 사망하게 되었다면 그들의 인간관계 속에는 분명 공통인 뭔가가 발견될 것이라는 것이었다.

김형사는 마침 그때 들어온 막내를 붙잡고 자신의 스쳐가는 단상을 캐치해서 설명해 보았다.

"자, 전혀 상관이 없는 두 사람이 있다고 하자고. 그런데 그들에게 공통적으로 영향력을 행사하거나 알고 지내는 사람이 외부에는 알려져 있지 않다고 가정해보자는 거야. 그럴 때 그 연관성이 없는 듯한 두 사람에게 공통적으로 영향력을 행사할 수 있는 지인이 숨겨져 있다면 이런 숨겨진 인물을 알아내는 방법은 뭘까? 그 두 사람에게 도달을 요청하는 긴급 메시지를 가장해 일종의 연쇄 편지 같은 것을 보내는 거야.

그리고 그 연쇄편지가 도달되는 과정에서 연결되는 사람들 중에 공통적인 사람이 발견될 수 있다는 사실이지. 이 콘셉트는 우리가 서로 연관이 없어 보이는 많은 개인들이 실은 몇 단계만 걸치면 어떤 공통된 중요인물과 연관되어 있을 수 있다는 깨달음을 일종의 네트워크 이론? 아니, 더 쉽게 말해서 싸이월드의 일촌개념처럼 알려준다는 거야.

막내야, 네 생각이 어떠냐?"

김형사가 지금까지의 자신의 생각을 거침없이 막내에게 말하자 막내는 참 재미있는 사람이라는 표정으로 김형사를 바라보았다.

"선배님, 재미있는 발상이기는 한데 그런 아이디어가 쓸모가 있을까요?"

김형사는 그렇게 사람 좋은 미소를 지으며 실망스럽

게 대꾸하는 막내를 보고 있자니 왠지 그런 막내가 안 쓰러웠는지 이렇게만 말했다.

"야, 너 시설부에 가서 위치 추적기 세 개만 빌려가지고 와라."

"네? 위치추적기는 뭐 하실려구요. 그거 소포에 붙여서 아이디어 실험하려고 그러는 건 아니죠? 그런 건 흥신소 직원들이나 하는 일이라구요, 선배님."

김형사는 막내의 말에 오히려 뭔가 생각이 떠올랐다는 듯 책상을 쾅 한 번 치고는 어딘가로 문자를 보냈다. 잠시 후 김형사의 핸드폰이 울리면서 문자가 왔다. 문자에는 이렇게 적혀 있었다.

"기왕 흥신사무소. 안녕하세요? 형님? 저 기왕입니다. 무슨 일 있으세요?"

김형사가 문자를 보냈다.

"어, 기왕아. 너 오늘 저녁에 시간 좀 내라. 내가 부탁할 일이 있는데. 만나서 이야기하자. 내가 사무실로 갈까?"

답문이 왔다.

"형님, 그러세요. 제가 일 끝나고 사무실에 있을게요. 사무실로 오셔서 이야기 하시죠. 네."

그렇게 김형사가 마루에게 한 발짝 다가서기 시작했다.

9

"형님, 그러니까 저는 이 소포와 편지가 전달되는 사람을 추적만 하면 되는 거란 말씀이시죠?"

탁자를 마주하고 소파에 앉아서 김형사의 설명을 듣던 기왕이 김형사에게 물었다. 김형사는 그런 기왕을 빤히 바라보면서 고개를 끄덕였다.

"그래, 맞어. 그러니까 내가 이 세 개의 소포를 각각 어떤 사람에게 보낼 거야. 물론 그 첫 번째 수신자는 가요계에 종사하는 사람이 되겠지. 너는 이 소포에 부착된 위치추적기를 통해서 이 소포가 누구에게로 전달되는지를 추적하면 되는 거야."

흥신소 사장인 기왕은 알겠다는 표시로 웃어보였지만 아무래도 이해가 안 되는 부분이 있다고 생각했는지 김 형사에게 물어왔다.

　　"형님, 그런데 이걸 왜 추적하시려고 하는데요?"
　　"기왕아 너 행운의 편지라는 거 알지?"

　　기왕은 고개를 끄덕였다.

　　"행운의 편지 알죠…… 그거 똑같이 보내면 행운이 찾아오고 안 보내면 불행이 찾아온다. 뭐 그런 내용이잖아요."
　　"기왕아 일종의 행운의 편지라고 생각하면 돼. 다만 누군가에게 꼭 전달이 되도록 연결될 수 있는 사람에게 이 소포를 전해달라고 하는 게 좀 다르지."

　　기왕은 미심쩍다는 표정으로 말했다.

　　"형님, 제가 궁금한 건요, 하는 방법은 알겠는데요,

왜 하는 거냐고요. 이런 방법으로 뭔가를 찾아낼 수 있다고 생각하는 게 지금 이런 최첨단시대에 가당키나 해요? '살인의 추억'의 송강호도 아니고 말이에요."

기왕의 야유 비슷한 어필에 주눅이 들었는지 김형사가 의기소침해 했다. 하지만 여기서 물러나면 영영 어린 시절 준호도 그리고 억울하게 죽어간 많은 사람들의 미제사건도 결국 똑같이 묻혀버리고 말 거라는 막연한 불안이 김형사의 뇌리를 스쳤다. 김형사는 뭐라도 해서 미제사건에 대한 최대한의 예의를 표하지 않고는 그냥 단념할 수 없다고 생각했다.

"기왕아, 너 알겠지만 지금 이 흥신소에 대한 신고접수된 거 알지?"

기왕은 김형사의 그런 반격에 흠칫하고 놀랐다. 사실 지금 기왕의 흥신소는 불법적인 추적행위에 대해 도감청을 이유로 신고가 접수된 상태였다. 기왕은 갑자기 나굿나굿하게 변해서 김형사의 비위를 맞추기 시작했다.

"형님. 놀면 뭐합니까? 제가 24시간 추적해서 형님 도와드릴게요. 걱! 정! 하지 마세요! 형님. 저만 믿으세요."

기왕이 그렇게 이야기하면서 위치추적단말기를 들고 스위치를 켰다. 단말기의 내비가 작동하였고 소포의 위치는 정확히 기왕흥신소의 사무실을 가리키고 있었다.

며칠 뒤……

마루는 평소와 같이 자신의 오피스텔에 들어가기 위해 건물 로비에 접어들었다. 로비의 우편함에 우편물이 온 것이 있는지 확인하기 위해 함을 열어보았다. 편지가 하나 들어 있었다. 마루가 편지를 집어 들고 엘리베이터를 향해 가는데 경비 아저씨가 그런 마루를 불렀다. 마루는 경비 아저씨에게 다가갔다. 아저씨는 조그마한 소포 하나를 꺼내서 내밀었다. 마루는 사인을 하고 소포를 들고 자신의 오피스텔에 들어갔다.

마루는 가방을 내려놓은 뒤 물 한 모금을 마시고 편

지를 살펴보았다. 이상한 것은 편지에 우편소인이 찍혀 있지 않았고 누가 보낸 건지도 모르겠다는 것이었다. 마루는 편지를 꺼내 읽어보았다.

"안녕하세요. 당신은 이 편지의 주인공입니다. 이 편지를 누군가에게 전달되도록 다른 사람에게 보내주세요. 여기서 누군가란 예전에 활동한 듀스라는 남성듀오의 멤버 중 한 명이었던 김성재입니다. 아시다시피 김성재 씨는 사망하였습니다. 그러니 김성재 씨가 사망 당시 가장 가깝게 지냈다고 알려진 최미진 씨에게 전달될 수 있도록 이 소포와 편지를 다른 사람에게 보내주십시오. 이 소포는 김성재 씨에게 소중한 물건이 들어 있습니다. 꼭 김성재 씨의 여자 친구였던 최미진 씨에게 전달되도록 소포를 보내주세요. 만약 이 편지와 소포를 3일내에 전달하지 않으면 김성재 씨를 죽음으로 몰아간 그 액운이 당신에게 씔 것입니다. 꼭 좀 부탁드립니다."

편지를 다 읽은 마루의 표정이 일그러졌다.

"아…… 뭐 이따위 편지가 다 오냐? 액운이 씐다고? 정말 재수 옴 붙었네."

하지만 이상하게도 편지를 다 읽은 마루의 머릿속에는 이미 누구에게 소포를 보내야만 김성재 씨의 옛 애인에게 이 물건이 도달할 수 있을지 경로를 그려보고 있었다.

"김성재 씨 옛 애인인 최미진 씨 내가 알기로는 치과의사였다고 알고 있는데?"

불현듯 마루의 머릿속에 같은 고등학교 선배이자 같은 대학선배이고 졸업해서 치과의사협회의 사무직원으로 취직해서 다니고 있는 형이 한 명 생각났다. 마루는 오랜만에 그 동문선배에게 전화를 넣었다.

"형, 오랜만이에요. 잘 지내시죠?"

그렇게 간단한 안부를 묻고 바로 용건으로 옮겨갔다.

"형, 치과의사 한 명 찾을 수 있을까요? 혹시 그런 정보가 대외비나 뭐 그런 거 아니에요?"

"용도에 따라서 틀리지. 뭐 광고나 불법적인데 사용하는 거 아니라면 꼭 그런 건 아니야. 왜? 누군데?"

마루는 다행이다 싶었는지 선배에게 최미진이라는 치과의사에 대해서 물어보았다. 이름을 받아 적은 선배가 잠시 후 전화를 주겠다고 하고 전화를 끊었다. 잠시 후 걸려온 전화로 마루는 김성재의 최미진이라는 친구의 신상정보를 받게 되었다. 마루로서는 별 생각 없이 김성재의 불운이 자신에게 올 경우는 없게 되었다고 생각하면서 자신의 거주지와 멀리 떨어지지 않은 한 치과병원의 우체통에 편지를 넣고 경비원에게 소포를 맡긴 뒤 홀가분한 마음으로 그곳에서 멀어져 갔다.

 10

소포와 편지를 보내고 며칠이 지난 뒤 가벼운 마음으로 아르바이트를 하려고 집을 나서는 마루를 또다시 경비 아저씨께서 부르셨다. 마루에게 작은 소포를 건네고 편지가 온 것 같다면서 알려주시는 아저씨에게 인사를 하고 오피스텔 로비를 나오는 마루는 의아해했다. 며칠 전에 이와 비슷한 모양의 소포와 편지를 받았고 이상한 내용의 편지 때문에 소포와 편지를 전달하기 위해 선배 형에게 전화를 했기 때문이다.

마루는 편지를 꺼내서 읽어보았다. 그전에 온 편지처럼 우체국 소인도 찍혀있지 않았고 물론 보내는 사람도 적혀 있지 않았다. 느낌이 왠지 쎄 했고 편지를 읽기 시

78

작한 마루의 미간이 일그러졌다.

"당신은 이 편지의 주인공입니다~ 다른 누군가에게
전달될 수 있도록~ 다른 누군가란 김현식 씨의 아내인
전혜민 씨입니다~ 3일 안에 이 편지와 소포를~ 그렇지
않으면~ 불행이~ 찾아."

편지를 다 읽은 마루는 생각했다. 누군가가 장난을 치
고 있는 거라고······.

"아~ 나 원 참! 또야?"

하지만 이상한 것은 자신도 모르는 사이에 이미 소포
와 편지를 전달하려면 누구에게 건네야 하는지에 대해
서 경로를 예측하고 있다는 사실이었다. 마치 자신이 아
니면 맞추기 힘든 퀴즈를 만난 사람처럼 마루는 이미 일
종의 게임처럼 반응했다. 어쨌든 김현식은 전태관과 김
종진하고 아는 사이였다. 마루는 전태관과 김종진에게
소포와 편지를 전달하면 어떤 식으로든 김현식의 아내

인 전혜민 씨에게 도달될 것이라고 확신했다. 전태관이나 김종진은 친한 형인 김현식의 아내인 전혜민 씨와 안면이 있을 확률이 대단히 높았기 때문이다.

그래서 마루는 전태관과 김종진이 진행했던 라디오 프로그램의 PD에게 소포와 편지를 전달하기로 했다. 마루는 노래방에 가는 길에 있는 방송국에 들러서 소포와 편지를 전달하기로 하고 평소 알고 지내는 학교 친구가 라디오방송국에서 아르바이트를 하고 있었기 때문에 그 친구에게 소포와 편지를 건네면서 PD에게 전달을 부탁했다.

한편……

기왕은 김형사의 부탁대로 소포의 전달경로를 위치추적을 통해 파악하고 있었다. 기왕이 세 개의 소포를 추적하는 동안 때로는 두 개 혹은 세 개의 소포가 동시에 이동하는 경우도 있었다. 하지만 한 번 이동된 뒤에는 얼마간의 시간 동안은 위치가 고정되는 경향이 있었기 때문에 세 개의 소포의 위치를 놓치는 경우는 발생하지 않았다.

기왕은 소포와 편지가 전달된 사람의 인적사항을 파악하기 위해서 우체통을 뒤져서 이름과 주소를 알아내었다. 기왕은 첫 번째 소포가 마루의 오피스텔에 도달하자 어떤 사람이 소포와 편지를 전달받았는지를 살펴보았다. 그리고 그 과정에서 마루의 신상을 파악하고 사진을 찍어두었다. 며칠 뒤 3번 소포의 이동경로를 추적하던 기왕은 자신의 차가 점점 목적지에 가까워질수록 자신이 비웃었던 김형사의 의도가 적중했다는 놀람과 황당함에 헛웃음이 나왔다.

기왕은 생각했다. 이럴 수도 있는 건가? 무작위로 보낸 소포 세 개 중에 두 개가 마루에게 전달된 것이다. 기왕은 그 사실을 알리기 위해 김형사에게 문자를 보냈다. 잠시 후 김형사에게서 답문이 왔다.

"분명해? 똑같은 사람에게 소포가 간 게 맞어?"

기왕은 답문을 보냈다.

"형님. 제가 몇 번을 확인했어요. 마루라는 학생 같은데. 대학생이요. 며칠 전에 제가 1번 소포를 추적하면서 사진까지 찍었어요. 그런데 오늘 3번 소포 추적하는데 또 이 학생이 걸려든 거예요. 저도 뭔 일인지 모르겠어요. 형님."

"야. 내가 가볼 테니까 주소 좀 넣어봐."

기왕이 다시 답했다.

"종로구 관철동 라움 오피스텔이에요."

"알았다. 거기서 대기해. 내가 갈게."

잠시 후 김형사를 태우고 막내가 운전하는 자동차가 점점 라움 오피스텔에 가까이 다가갔다. 그런데 이상하게 오피스텔 주위에 사람들이 웅성대면서 몰려 있었다. 김형사는 좋지 않은 예감이 들었다. 차를 주차시키고 사람들이 모여 있는 화단에 김형사와 막내가 끼어들었다.

화단에는 선연한 핏자국이 나있었고 그 피는 화단에 떨어져서 죽은 듯 보이는 한 건장한 남성의 깨진 머리에서 흘러내린 것이었다.

김형사는 막내에게 사람들이 몰려들지 않도록 단속하라고 지시한 뒤 남자에게 다가가 얼굴을 살펴보았다. 그 남자는 자신이 익히 알고 있는 기왕이 틀림없었다. 김형사는 무릎을 꿇고 앉아서 기왕의 얼굴을 확인한 뒤 고개를 들어 높은 오피스텔 건물을 올려다보았다. 30층 가까이 되어 보이는 건물의 꼭대기는 잘 보이지 않을 정도로 아득하게 느껴졌다.

김형사는 그런 기왕의 바지 주머니를 뒤졌다. 휴대폰을 찾기 위해서였다. 액정이 깨져있었다. 하지만 다행이도 작동이 되었다. 사진 갤러리에 들어가서 사진을 훑어보았다. 사진 중에 비교적 최근에 찍은 사진이 있었고 그 사진은 마루를 찍었던 얼마 전의 사진이었다. 하지만 김형사는 사진을 보면서 뭔가 이상한 점을 발견했다. 그랬다. 마루를 찍은 사진이 이상했다.

김형사는 마루의 얼굴을 자세히 보고 싶어서 사진을 들여다보았다. 마루를 찍은 사진에 있는 마루의 얼굴이 마치 지우개로 지운 것처럼 자국을 남기면서 흐릿하게 보였다. 마치 가만히 서서 머리만을 마구 흔들어 피사체의 얼굴이 떨려 초점이 흐려진 것처럼 사진속의 얼굴이 지워져 있었다. 섬뜩해 보이는 사진을 보고 김형사가 말했다.

"아이, 일이 점점 커지네?"

막내가 사람들을 단속하는 사이 엠블런스가 출동해서 죽어버린 기왕을 싣고 현장에서 멀어져갔다. 하지만 김형사는 그 구경꾼들 사이에 마루가 있는 것을 알아차리지는 못했다.

11

1997년 초.

　도대체 왜 마루를 데리고 왔을까? 삼촌은 그렇게 생
각했다. 사실 삼촌은 자신이 일하게 된 연예기획사에 대
해서 자부심을 가지고 있었다. 특히나 자신이 기획사의
막내로서 소속연예인 중 김광석의 매니저 같은 일을 하
면서 특히나 일에 흥미를 가지고 열심히 했다. 꼬박꼬박
김광석이 출연한 방송을 모니터링 하고 김광석의 일거
수일투족을 주시하면서 일에 재미를 붙이기 시작했다.

　삼촌은 조카인 마루를 데리고 김광석의 연습실이나
혹은 다른 연예인들의 대기실 등에 자주 놀러가고는 했

다. 언제나 그럴 때면 귀여운 얼굴의 마루는 연예인 언니, 누나들에게 인기가 대단했다. 삼촌은 마루가 귀여움을 받을 때마다 언제나 자신이 귀여움 받는 거처럼 기분이 좋았고 또 마루 덕분에 어색해 하는 연예인들에게 더 쉽게 접근하는 계기를 만들 수 있어서 삼촌에게도 이득이었다.

하지만 그날 삼촌은 땅을 치면서 마루를 데리고 온 것을 후회했다. 무슨 일이 일어났던 것일까? 김광석은 언제부턴가 어두운 표정으로 연습실에서 혼자 기타를 치면서 노래 부르는 횟수가 늘어났다. 원래부터 차분하고 조용한 성격의 김광석은 혼자 있는 시간이 많았지만 그래도 노래를 부를 때면 생기를 되찾는 경우가 많았다. 하지만 그해 겨울의 김광석은 좀처럼 어두운 그림자에서 벗어나지 못하고 있었다. 그리고 그런 어느 날 삼촌은 여느 때처럼 마루를 데리고 연습실을 찾았다.

김광석은 그날도 혼자서 어두운 연습실에서 노래를 불렀다. 마치 모든 희망을 잃어버린 판도라처럼. 그러나 김광석에게 희망은 너무나도 찾기 힘든 것이었나 보다. 아…… 너무 안타까운 목소리 속에서 흉내 낼 수 없는 짙은 애수가 퍼져 나왔다.

"어제는 하루 종일 비가 내렸어. 자욱하게 내려앉은 먼지 사이로오~."

그렇게 슬픔 가득한 노랫소리를 듣고 있던 삼촌이 조그마한 소리로 노래를 따라서 흥얼거렸다. 그런 김광석의 노랫소리를 듣고 있던 마루는 장난감 폴라로이드 사진기를 만지작거리다가 삼촌에게 물었다.

"삼촌, 저 아저씨 어디 아파? 어디…… 아파?"

삼촌은 그렇게 물어오는 마루의 얼굴을 바라보면서 말했다.

"아니야, 마루야. 저 아저씨의 여자 친구가 떠나가서 그래."

"어디로 갔는데? 멀리 갔어?"

삼촌은 그냥 그렇게 물어오는 마루에게 건성으로 대답했다.

"어 멀리 갔어. 사랑했지만 그대를 사랑했지마안~ 이제 이렇게 멀리서 바라볼 뿐."

그때 전화가 울렸다. 삼촌은 급히 전화를 받아 들었다.

"여보세요? 네? 네 잠깐만요."

삼촌이 급히 연습실로 가서 김광석을 불러 전화기를 바꿔주었다. 김광석은 전화를 받고 얼굴빛이 달라지면서 수화기를 내려놓았다. 그러고는 급히 연습실의 멤버들에게 뭐라고 이야기를 하였다. 그리고 연습실에서 나와 대기석과 사무실의 몇몇 사람들에게 이야기했다.

"지금 자리를 좀 비워줘야겠어요. 조금 비밀스러운 손님이 갑자기 방문한다네요."

김광석의 그런 말에 사무실의 신입과 대기실에서 자신의 차례를 기다리던 몇몇 가수들이 자리를 비워주기 위해서 연습실에서 나갔다. 삼촌은 도대체 누구기에 그러지? 하는 의문은 있었지만, 자신들이 깊게 관여할 일은 아니라고 판단했는지 마루의 손을 잡고 연습실에서 나와 얼마 멀리 떨어지지 않은 집을 향해 천천히 초저녁 거리를 걷기 시작했다. 마루가 삼촌에게 자신의 폴라로이드 카메라를 놓고 왔다고 칭얼대기 시작한 것은 얼마 지나지 않아서였다.

삼촌은 아무도 몰래 살짝 들어가서 마루의 폴라로이드 카메라를 가져오기만 하려고 하였다. 스리슬쩍 연습실에 들어가서 아무 소리도 내지 않으려고 조심스럽게 문을 열었다. 다행히 대기실에는 아무도 없었다. 대기실 탁자 위에 사진기가 놓여 있었다. 삼촌이 조금 더 들어가서 고개를 숙이고 연습실 쪽을 흘깃 바라보았다. 김광석과 멤버들이 뒤돌아 서있는 누군가와 이야기를 나누고 있었다. 삼촌이 무심결에 몸을 돌려 돌아 나오려고 하는 순간. 아뿔싸, 탁자 위의 꽃병을 툭하고 건드리고 만다.

"쨍그랑!"

꽃병이 바닥에 떨어지면서 소리가 났다. 삼촌이 얼어붙은 듯 그 자리에 멈춰 섰다. 그리고 그 소리를 들은 김광석이 삼촌에게 급히 다가왔다. 엉겁결에 마루는 열려진 문 뒤로 숨어들었다. 왠지 모르게 들켜서는 안 될 것만 같은 느낌이 들어서였다. 삼촌에게 다가온 다른 멤버들이 삼촌을 둘러쌌고 분위기가 살벌해졌다.

"뭘…… 봤어?"

삼촌은 그렇게 자신에게 물어오는 멤버들에게 되물었다.

"뭐라노? 뭐가 있어요?"

멤버들은 그렇게 되묻는 삼촌에게 다그쳤다.

"빨리 여기에서 나가요. 빨리!"

그때였다. 문 뒤에 숨어 있던 마루를 누군가가 발견하고는 마루의 손을 잡고 끌어당겼다. 그렇게 끌려나오던 마루는 자신을 잡은 손을 거칠게 뿌리치고 연습실 안에서 고개를 숙이고 있던 남자에게로 뛰어갔다. 그러고는 마치 장난을 치는 것처럼 짓궂게 그렇게 얼굴을 가린 남자를 폴라로이드 사진기로 찍었다.

깜짝 놀란 삼촌이 그런 마루에게 달려가서 마루의 손을 잡고 나오려고 하였다. 삼촌은 마루의 손을 잡고 미안하다고 인사를 하려고 남자의 얼굴을 바라보는 순간 깜짝 놀라고 만다.

얼마의 시간이 지났을까? 삼촌이 의자에 앉아있고

그런 삼촌 주위에 여러 명의 멤버들이 빙 둘러서 서 있었다. 어린 마루가 짐작하기에도 분위기가 심상치 않았다. 마치 취조를 당하는 사람같이 삼촌은 주눅 들어 있었다.

그날 이후로 삼촌은 길거리를 배회하면서 이상한 헛소리를 떠들어대다가 경찰에게 인도되어 집에 귀가조치 되는 일이 빈번해졌다. 결국 집안에서는 삼촌을 위해서라도 격리해야 되겠다고 어려운 결정을 내렸고 삼촌은 마치 이해한다는 표정을 지으며 순순히 정신병원에 들어갔다.

삼촌이 본 사람이 누구인지 삼촌 자신은 알고 있었다. 하지만 삼촌은 그날 이후로 그 이야기를 절대로 입에 담지 않았다. 아무것도 모르는 4살짜리 마루는 마루를 위해 대신 삼촌이 납치한 11살짜리 민준호를 통해서 희생을 면할 수 있었다.

12

미국현지시각 오후 6시 정각. 미국 라스베이거스의
팔라스 호텔에서 열린 제64회 그래미어워드에서는 한
국의 아티스트가 수상할 것이 예견되었다. 올해의 최고
노래상과 올해의 아티스트 부문에 후보로 오른 한국의
음악가를 위해서 특별히 통역이 대동되었고 만일의 사
태에 대비해서 삼엄한 경호가 준비되었다. 미국의 음악
팬들은 한국에서 온 그 음악가를 맞이하기 위해 많은
준비를 해왔다. 그런 그들의 노력에 화답이라도 하듯 그
음악가는 자신과 친한 아티스트 무리를 대동하고 미국
땅을 밟았다.

사람들은 그가 약 10년 전 처음 미국 음악시장에 도

전장을 내밀었을 때 그를 주목하지 않았다. 한 해에도 수천 명의 외국 가수들이 미국의 시장을 뚫기 위해서 도전한다. 하지만 그 중에서 성공하는 케이스는 한두 명에 불과하다. 그만큼 미국시장은 경쟁이 치열했고 소비자의 안목이 높은 세계 제일의 음악시장이다.

그런 미국의 경쟁자들을 상대로 그는 인상 깊은 퍼포먼스를 보여주었다. 특히나 그가 미국의 제일 가는 여성 보컬인 비욘세와 듀엣으로 부른 싱글 '디 엔드 오브 러브'는 10억 번 이상의 유튜브 뷰를 기록하면서 그해의 노래 후보에 올랐다. 한동안의 공백기를 거치면서 자신의 인기를 유지하는데 버거워 하던 비욘세는 이 듀엣곡을 계기로 제2의 전성기를 구가하고 있었다. '디 엔드 오브 러브'는 미국의 시장이 영국에게만 개방된 폐쇄적인 음악시장이라는 사람들의 편견을 보기 좋게 깨버리는 데 일조를 한다.

그렇게 한국인으로서는 최초로 그래미상의 후보에 오른 그는 국가적인 신드롬을 일으켰다. 사람들 사이에서는 그를 신처럼 추앙하는 열성팬들이 형성되었고 일부 팬들은 그런 그를 따라서 미국에 들어와 그를 응원하며 그래미상의 관객석을 예약하기도 했다. 그래미상의 올해의 노래상은 모두 5곡을 후보로 정하게 되어 있다. 올해는 '디 엔드 오브 러브'를 제외하고도 4곡의 쟁쟁한 노래가 후보에 올랐다. 결코 수상을 낙관할 수 없는 상황이었다.

만약 올해의 노래상을 한국의 그가 수상한다면 그것은 정말 그의 실력을 인정한다는 증거가 될 뿐만 아니라 그의 위상을 한 단계 높여주는 결정적 계기가 되어줄 것이 분명했다. 사람들은 그래서 그래미상을 주목하고 있었다. 정각 6시에 시상식이 개최되었다. 올해 그래미어워드의 사회는 패럴 윌리엄스와 제니퍼 로페즈였다.

관례상 수상자에 대한 정보는 철저하게 봉인되었고 비밀이 새어나가지 않도록 관리되었다. 그리고 가장 중요한 올해의 노래상은 분위기가 절정에 이르는 그러니까 시상식이 시작되고 주요 부문의 수상자가 호명된 뒤 시상식이 중반으로 접어드는 순간에 발표되도록 되어 있었다.

"올해의 노래 후보를 알려드리겠습니다."

패럴 윌리엄스가 운을 띄었다.

"물론 올해의 노래상은 프로듀서를 대상으로 수여됩니다."

제니퍼 로페즈가 그렇게 말하자 윌리엄스는 자신을 가리키면서 말했다.

"이를테면 저 같은 프로듀서를 말하는 거죠."

사람들이 가볍게 웃었고 이어서 제니퍼는 후보를 차례대로 호명했다.

"유투, 플리즈 홀딩 미……."

사람들의 박수가 터져 나왔다.

"레이디가가, 마이 스타일……."

카메라가 레이디가가를 비추자 사람들이 탄성을 질렀고 가가는 눈을 찡긋하면서 카메라를 향해 윙크를 했다.

"비욘세 앤 재하…… 디 엔드 오브 러브."

마지막 호명이 끝나고 수상자 발표를 기다리는 관객과 후보들은 너무나도 즐거운 긴장감에 도취되었다. 그리고 수상자가 적힌 봉투를 뜯어서 펼쳐 보일 동안의 그 짧은 순간마저도 자신들에게는 영원한 영광의 시간이라도 되는 양 기대어린 표정이 되어 바라보았다. 패럴이 제니퍼에게 발표를 부탁했고 제니퍼는 그런 패럴의 몸짓에 가슴에 손을 얹고 영광이라는 표현으로 답했다.

"수상자는 비욘세 앤 재하! 디 엔드 오브 러브!"

관객석에서 우레와 같은 박수소리와 함성이 터져 나왔다. 그도 그럴 것이 그래미상의 65년 역사상 올해의 노래 부문에 아시아의 동양인이 수상을 한 것은 이번이 처음이었다. 수상자가 발표되자 여기저기에서 탄식이 터져 나왔고 그와 동시에 함성도 터져 나왔다. 유재하가 약간 얼떨떨한 표정을 지었다. 믿기지 않는지 옆에 앉아 있던 자신의 아내에게 뭐라고 이야기를 했다. 아내가 박수를 치면서 유재하의 입에 키스를 하자 그제야 자신이 수상자로 호명된 것을 깨달은 듯 유재하가 자리에서 일어났다.

　유재하가 무대로 오르기 위해서 좌석을 지나쳐 걸어 나오는 동안 곳곳에서 한국인 팬들의 외침이 들려왔다.

　"유재하 파이팅!"
　"사랑해요 유재하!"

　유재하는 그런 외침이 들려오자 밝게 웃으면서 손을 흔들어 답례의 표시를 하였다. 유재하 그는 결국 세계음악시장의 역사를 다시 쓰는 한국인이 되었다.

"정말…… 정말 감사합니다!"

그렇게 이야기하자 무대 전면의 커다란 화면으로 영어 자막이 떠서 실시간으로 유재하의 이야기를 통역하였다. 감격에 겨운 듯 유재하는 잠시 울먹이면서 고개를 떨어뜨렸다. 같이 단상에 오른 비욘세가 그런 유재하의 어깨를 토닥이면서 감정에 겨운 유재하를 진정시켰다.

"띠리리리~ 띠리리리~"

어디선가 전화벨소리가 들려왔다. 음악평론가 임지모는 자신의 핸드폰이 울리는 것을 듣고는 재빠른 동작으로 휴대폰을 바라보았다. 출판사 음악세상의 기획자 전화였다. 임지모는 주저하지 않고 핸드폰을 받았다.

"어~ 미선 씨! 잘 돼 가고 있으니까 너무 걱정하지 말아요, 진행속도가 빠르니까……."

핸드폰에서 출판기획자인 미선 씨의 목소리가 들려
왔다.

"선생님, 소설 제목은 뭐로 결정하셨어요?"
"글쎄 나도 그게 고민인데 일단 가제로 '그가 죽지 않
았다면' 아니면 '음악의 신'은 어때요?"

임지모가 쓰는 가상 소설 안에서 유재하는 그렇게 아
직 살아있는 존재였다.

13

1997년 초여름 어느 날.

영국의 록그룹 퀸의 'too much love will kill you'가 조용히 흘러나왔다. 삼촌은 친구인 임지모와 함께 음악을 틀어놓고 차분하게 감상하고 있었다. 그 자리에는 조카인 마루도 함께 있었다. 하지만 임지모는 계속해서 마루와 장난을 치고 있었고 삼촌은 음악에 빠져서 마루에게 신경 쓰지 않았다.

"그거 알어? 프레드 머큐리가 동성애자라는 거?"

삼촌이 친구 지모에게 그렇게 물어보았다. 임지모는 음악박사답게 삼촌에게 대꾸했다.

"야…… 그거 모르는 사람 있냐? 에이즈잖아."

마루는 그냥 임지모와 장난스럽게 간지럼을 태우는 데에만 신경을 쓰고 있었다. 임지모는 그런 장난을 마루와 하는 것을 즐겼다. 영어가사로 들려오는 노래 말을 이해할 수 없는 마루는 그냥 삼촌이 듣는 노래라서 같이 듣는 것이 전부였다. 마루는 동성애가 뭔지 에이즈가 뭔지 알 수 있는 나이가 아니었다. 그 당시의 우리나라의 음악팬들은 물론 팝송 팬들이라고 할 수 있겠지만 외국의 록밴드를 추앙한 나머지 그들이 동성애자라는 사실이나 혹은 악마주의자라는 사실에 대해서도 막연한 동경으로 부정적인 것들까지 여과 없이 받아들이곤 했다.

어느 록밴드의 리드싱어가 마약을 하다가 적발되어도 혹은 자신의 친한 멤버의 아내와 간통을 저질러도 이따금 동성 애인을 폭행하고 감옥에 들어가거나 경찰 조사를 받아도 그들에 대한 무작정의 흠모는 쉽게 우리 팬들에게서 떠나지 않았다. 그래서였을까? 우리나라의 유명가수들이 한번 정도 마약과 연루되어 감옥에 들어갔다 나오는 것은 아주 관대한 차원에서 받아들여지는 경향도 있었다.

"야. 이게 뭔지 알아?"

임지모가 주머니에서 작은 비닐 봉투에 싸여 있는 뭔가를 흔들어 보였다. 삼촌은 그렇게 지모가 흔드는 것을 바라보았다. 부유한 가정환경으로 자주 미국에 여행을 가곤 하던 지모가 어디에선가 대마초를 숨겨 가지고 온 것이다. 삼촌은 깜짝 놀라서 지모가 흔드는 비닐 팩을 낚아채서는 눈에 가까이 대고 살펴보았다.

"야. 이거 대마지? 어디서 났냐?"

지모는 자랑스러운 듯 말했다.

"형님이 다 구하는 방법이 있다. 어때 한 번 해볼래?"

잠시 후 그 둘은 얇은 종이에 대마초를 말아서 서로 번갈아 가면서 피웠다. 방 안은 연기로 가득 찼지만 그들은 창문도 열지 않고서 조심스럽게 눈에 띄지 않도록 대마초를 흡입했다.

　"하하하하."
　"워! 히히히! 어때? 좋지?"

　삼촌은 그렇게 물어오는 지모에게 실없이 웃으면서 말했다.

　"이런 맛에 피우는 건가봐? 뭐라고 표현할 수가 없네? 히히."
　"야! 마루 괜찮아? 여기 있어도 돼는 거야?"

　삼촌은 마루를 빤히 쳐다보면서 이야기했다.

　"지모야. 난 얼마 않있으면 여기서 떠나서 병원에 들어갈 거야. 정신병원."

지모는 삼촌의 이야기를 듣고 놀란 표정도 짓지 않고 웃었다.

"그래? 잘됐네? 히히 정신병원? 히히."

삼촌도 피식 웃으면서 말했다. 웃으면서 할 수 있는 이야기가 아니었음에도 불구하고 그들에게 사태의 심각성은 마치 불법인 것처럼 연기 속으로 사라졌다. 삼촌은 눈으로는 울면서 입으로는 웃고 있었다.

"지모야. 너 그거 아니? 유재하가 살아있다? 하하! 내가 얼마 전에 유재하를 봤어."

지모는 그런 삼촌의 이야기에 맞장구를 쳤다.

"하긴 나도 얼마 전에 존 레논을 봤다. 동네 슈퍼에서 담배 사고 있더라고…… 하하하!"

삼촌은 잠깐 재정신이 돌아온 듯 심각한 어조로 지모

에게 하소연했다.

"걔네들이 그러더라…… 마루를 살리는 대신 평생 정
신병원에서 비밀을 지킬래…… 아니면 우리의 일원이 되
고 마루가 죽는 걸 볼래……?"

둘은 대마초에 취해서 모든 이야기의 개연성을 뛰어
넘어서 마치 텔레파시로 공유하듯 말도 안 되는 듯한 이
야기를 서로에게 강요했다. 하지만 삼촌도 임지모도 그
리고 마루조차도 그날 그들의 이야기에 배경으로 흐르
던 퀸의 노래와 삼촌의 고백 그리고 유재하의 부재가 주
는 슬픈 느낌은 오랫동안 지워지지 않고 그들의 무의식
속에 앙금을 남겨 놓았다.

비교적 유명해진 임지모가 유재하의 생존을 가상하
여 소설을 쓰는 이유도 어쩌면 친구인 삼촌이 했던 고
백을 듣고 마치 자신의 친구에 대한 마지막 성의를 보이
기 위해서였는지도 모를 일이었다.

퀸도 김광석도 그리고 도원경도 공통적으로 너무 깊고 강한 사랑에 대해서 경계를 드러내는 노래를 불렀다. 너무 아픈 사랑은 사랑이 아니었고, 너무 깊은 사랑은 외려 슬픈 마지막을 가져온다고……

14

임지모의 평론은 사람들을 끌어드리는 맛이 있었다. 마치 몸에는 좋지 않지만 맛이 좋은 초콜릿처럼 임지모의 글발은 사람들에게 쾌감을 주는 무엇인가가 있었다. 그런 임지모는 사실 전문적으로 음악을 공부한 사람이 아니었다. 음악이 좋았고 오랫동안 음악에 대해서 독학을 하고 글을 썼지만 사실 정규적인 음악교육을 받은 그런 정통파는 아니었던 것이다.

그런 임지모에게 후배 한 명이 전화를 걸어온 것은 그가 가상소설을 한창 집필하고 있던 때였다. 후배는 임지모에게 뜬금없이 주식이야기를 했다.

"형. 돈 좀 있어요?"

임지모는 돈 이야기가 나오자 시큰둥하게 대답했다.

"돈? 없는데? 왜 그러는데?"
"형, 좋은 투자 건이 하나 있어서요. 놓치기 아까워서 지금 돈 좀 융통하고 있어요."

임지모는 조금 관심이 가는 것처럼 보였다.

"무슨 투자천데?"

후배는 임지모의 지식에 기대어 자신의 투자처를 마치 홍보하듯이 이야기했다.

"형, 벤처기업 중에 유미아이티라고 하는 데가 있어요. 아이티기술 개발 쪽인데요. 들어보셨어요?"

임지모는 그렇게 물어오는 후배에게 솔직하게 대답

했다.

"글쎄? 못 들어 봤는데? 근데 그 기업이 어쨌는데?"

후배는 조심스럽게 말했다.

"실은 그 기업에서 요번에 입체영상을 하나 선보일 거 예요."
"입체영상?"

지모가 그렇게 묻자 후배가 술술 불기 시작했다.

"거 왜 한 일 년 전쯤에 한 미국의 음악프로그램에 서 마이클잭슨의 입체영상으로 노래를 만든 적이 있어 요. 혹시 보신 적 있으세요? 노래 제목은 'slave to the rhythm'이라고 하는데."

임지모는 노래에 대해서는 많은 것을 알고 있었기 때 문에 당연히 그 입체영상을 본 적이 있었고 그래서 후배의 물음에 대답할 수 있었다.

"어, 알어. 본 적 있어. 입체영상으로 제작해서 무대에 띄었고 그게 아마 어느 방향에서 보던지 실제 인물을 보는 각도처럼 보이는 거였지 아마?"

"네, 맞아요. 그런데 그런 입체영상을 유미 아이티에서 제작해서 공개할 예정이에요."

"누가 주인공인데?"

"유재하요."

지모는 의외라는 반응을 보이면서 말했다.

"야! 내가 이야기했지. 내가 지금 쓰는 가상소설의 주인공이 유재하라고……"

후배는 맞장구를 쳤다.

"형. 그래서 제가 열사람 제치고 형한테 먼저 이야기하는 거예요. 뭔가 터질 거 같아서요. 형도 유재하를 주

제로 글을 쓰고, 유재하에 대한 입체영상의 제작발표회
가 예정되어 있고, 뭔가 분위기를 타는 것 같아서요. 뜨
는 분위기."

그렇게 후배가 이야기하고 있는데 휴대폰의 알림 소
리가 띵동 하고 울렸다. 지모는 잠시 핸드폰을 확인하고
카톡이 온 것을 본 뒤 후배에게 말했다.

"어. 동생, 내가 다시 연락할게. 톡이 하나 왔네. 확인
하고 전화할게. 일단 끊어."
"네, 형. 꼭 좀 전화주세요."

후배와의 전화를 끊고 지모는 카톡을 확인했다. 카
톡은 마루에게서 온 것이었다. 얼마 만에 들어보는 마
루인가? 벌써 마루를 만나본 지도 몇 년이나 지난 이야
기였다. 절친이었던 마루의 삼촌이 병원에 갇혀있는 동
안 좀처럼 만나보지 못했던 조카 마루에게서 톡이 온
것이다. 전화번호 정도는 알고 있었기 때문에 자동적
으로 톡을 보내 올 수는 있는 상태였다. 지모는 톡을

열어보았다.

"안녕하세요? 저 마루입니다. 기억하시겠어요?"

지모는 반가운 표정으로 답문을 보냈다.

"그럼 기억하지. 마루야, 잘 지냈니? 연락 자주 못해서 미안하다."

마루도 반갑게 인사했다.

"다행이네요. 기억하셔서요. 건강하시죠?"
"그래. 마루야, 난 건강하지. 넌 별일 없고?"

마루의 글이 이어졌다.

"전 별일 없습니다. 한 가지……"
"한 가지? 무슨 일이 있니? 네 삼촌은 아직 병원에 있지? 자주 가봐야 하는데 너도 알다시피 내가 좀 바쁘잖니."

마루의 주저함이 글속에도 느껴졌다.

"저 그것 때문인데요. 혹시 저희 삼촌에게서 연락 같
은 거 온 적 있어요?"

지모가 대답했다.

"아니, 그런 적 없는데? 왜? 혹시 삼촌에게 무슨 일
이 있니?"

마루는 걱정스럽게 이야기했다.

"저…… 삼촌이 병원에서 탈출하신 거 같아요."

지모가 놀라서 되물었다.

"탈출? 병원에서? 언제?"

그랬다. 삼촌은 산책 중에 남자간호사들을 따돌리고 병원 밖으로 탈출해버리고 말았다.

15

그것은 마치 끝나지 않는 고문과도 같은 것이었다. 병원에서 빠져 나온 삼촌은 거리를 헤매고 다녔다. 병원 주변에서 멀어져야 되겠다고 생각한 삼촌은 가까운 지하철역으로 가서 무단승차를 한 뒤 시내로 들어갔다. 지하철에서도 삼촌은 몹시도 힘들게 버티고 있었다. 무엇이 삼촌을 그렇게 힘들게 하는 것이었을까?

시내로 나온 삼촌은 무작정 거리를 배회하고 다녔다. 그렇게 배회하면서 삼촌은 어떻게 하면 안전하게 머물 수 있는 곳을 발견할 수 있을까 하고 생각했다. 시내의 상점가에서는 매장 음악이라고 하는 배경음악이 끊임없이 흘러나오고 있었다. 삼촌은 그런 매장들에서 들려오는 노랫소리가 자신에게 닿으면 마치 누군가가 자신을 때리는 것처럼 흠칫 놀라서는 급하게 음악소리에서 멀어져갔다.

삼촌은 배가 고팠다. 그래서 뭔가로 배를 채울 수는 없을까하고 주변을 두리번거렸다. 쓰레기통이 보였다. 삼촌은 쪽팔림을 무릅쓰고 쓰레기통을 뒤졌다. 먹다 남긴 커피와 비닐에 싸인 과자부스러기가 나왔다. 삼촌은 잠시 망설였지만 너무나도 허기가 져서 체면을 생각할 여유도 없었다. 삼촌은 그 쓰레기로 배를 채웠다.

하지만 여전히 삼촌은 거리의 노랫소리가 들려올 때면 자주 놀라면서 주위를 경계하고 다녔다. 돈 한푼 없이 병원에서 도망쳐 나온 삼촌에게는 하룻밤을 안전하게 지새울 수 있는 거처를 마련하기도 힘들었다. 시내를 여기저기 돌아다니던 삼촌의 귀에 시끄러운 음악소리가 들려왔다. 하지만 이 음악소리에 삼촌은 그렇게 크게 놀라지 않았다. 귀를 찢어버릴 듯 큰 음악소리였지만 삼촌은 처음에만 움찔하고 놀랐을 뿐 그렇게 들려오는 음악소리에 적응했다.

"어…… 그래. EDM이구나."

그 음악소리는 말 그대로 EDM이었다. 쉽게 말하자면 전자음의 댄스뮤직 이었던 것이다. 흔히 젊은 친구들이 많이 가는 클럽 중에서 주로 이런 EDM뮤직만을 전문으로 틀어주는 곳이 시내 중심부에 간혹 있었고 삼촌은 그런 클럽으로 들어가기 위해 문을 열었다. 환자복을 입고 있는 그를 막는 사람이 없었다. 그리고 보니 오늘이 할로윈이었다. 클럽 안은 할로윈 복장을 하고 음악을 즐기는 많은 사람들로 복잡했다.

환자복을 입고 노숙자 같은 얼굴을 하고 있는 삼촌을 보고 사람들은 분장을 정말 잘했다고 생각하는지 탄성을 지르기도 하고 유심히 살펴보기도 하였다. 하지만 그를 막는 사람은 없었다. 그곳에 앉아서 그냥 멍한 표정으로 시간을 때웠다. 한 시간 두 시간. 그리고 세 시간이 다 되가는 동안에도 삼촌은 그냥 편안한 표정으로

쉬는 듯이 보였다.

"이봐요."

누군가가 삼촌에게 다가왔다. 삼촌은 고개를 들어 그렇게 부르는 사람을 바라보았다. 한 젊은 여자가 삼촌을 쳐다보고 있었다. 삼촌은 손가락으로 자신을 가리키면서 여자를 바라보았다.

"나요?"

여자는 처녀귀신처럼 분장을 하고 삼촌에게 고개를 끄덕였다. 삼촌은 그런 여자에게 말했다.

"왜 그러죠?"

"아저씨 분장 진짜 리얼한데요? 저랑 사진 한 장 찍으실래요? 정말 리얼해서 그래요."

삼촌은 귓전을 때리는 음악소리에도 용케 그녀의 요청을 알아듣고는 말했다.

"맥주 한 병 사주면 사진 한 장 찍어드릴게요."

여자는 잠시 생각하다가 말했다.

"좋아요. 대신 제 친구들과 단체사진도 한 장 찍어줘요."

여자가 삼촌에게 방금 냉장고에서 꺼낸 시원한 맥주 한 병을 가져다주자 삼촌은 빼앗듯이 채서는 벌컥벌컥 맥주를 마시기 시작했다. 순식간에 맥주를 원샷 한 삼촌이 기분이 조금 좋아졌는지 그 여자와 포즈를 취했고 여자의 친구들로 보이는 두 명과 다시 한 번 포즈를 취했다. 삼촌은 그렇게 여러 사람과 포즈를 취해주고는 답례로 안주와 술을 제공받았다.

삼촌은 생각했다. 이 클럽은 영업시간 내내 EDM음악

만을 내보내고 있었고 노래를 부르거나 내보내는 경우가 없었다는 것을. 삼촌은 곰곰이 따져보았다.

'EDM은 나에게 영향을 주지는 못하네. 어설프게 노래를 피하는 것보다는 이런 곳이 오히려 더 안전할지도 몰라.'

삼촌은 그렇게 생각하고는 클럽의 출입문 쪽으로 다가갔다. 그러고는 출입문에 붙여져 있는 종이를 확하고 잡아 뜯어서는 구겨서 찢어버린 뒤 클럽 안쪽의 대기실 같은 곳으로 찾아갔다. 삼촌이 찢어버린 공고문은 클럽의 직원을 뽑는다는 공고였고 몇 시간 전에 클럽으로 들어가던 삼촌이 유심히 살펴보았던 알림이었다.

"저…… 직원을 구한다고 해서 왔습니다."

클럽직원으로 보이는 젊은 친구가 삼촌이 하는 이야기를 듣고 유심히 삼촌의 차림새를 훑어보았다. 병원환자복에 슬리퍼차림. 며칠은 굶거나 씻지 못한 것처럼 보이는 행색에 잠시 씩 웃던 젊은 직원이 물어왔다.

"할로윈 복장? 와 정말 실감나네요. 이거 분장이에요?"

하면서 직원이 삼촌의 얼굴에 묻은 쓰레기 같은 검정 때를 만져서는 냄새를 맡아보려는 듯 코에 가져다 댔다. 하지만 그 검정 때에서는 진짜로 쓰레기 냄새가 났다. 젊은 친구는 약간 당황한 듯 했지만 이내 평상심을 찾고 삼촌에게 이것저것 물어보기 시작했다. 하지만 어쩐지 삼촌은 이 클럽이 마음에 들었고 여기서 일할 수 있을 것 같은 느낌이 들었다.

며칠 뒤. 미소는 학교 벤치에서 며칠 전 할로윈 때 친구들과 클럽에서 찍었던 사진을 보면서 농담을 주고받고 있었다. 그때 마루가 미소에게 다가왔다. 미소는 마루를 보고 말했다.

"어, 마루구나. 이리와. 내가 재미있는 거 보여줄게."

마루는 되물었다.

"뭔데?"

"엊그저께 할로윈 날. 얘네들 하고 클럽에 갔거든……
근데 거기에서 환자 복장을 한 어떤 아저씨하고 사진 찍
었어. 봐봐."

마루는 미소의 핸드폰에 찍힌 환자 복장의 남자와 처
녀귀신 분장의 미소를 보고 깜짝 놀란다. 이 사진이 어
디에서 찍혔는지 그리고 이 남자가 어떤 행색이었는지
마루는 미소를 붙잡고 꼬치꼬치 캐물었다. 사진속의 환
자복의 남자가 자신의 삼촌이 분명했기 때문이다.

 16

"인간이 귀로 들을 수 있는 음파는 그 음역대가 정해져 있습니다."

김형사는 그 사람의 말에 신중한 표정이 되어서 바라보았다.

"쉽게 말해서 그래프에서 보이는 이 범위 중에서 여기 보이는 20헤르츠에서 20킬로헤르츠까지의 음역이 우리가 흔히 사람의 청각을 통해서 들을 수 있는 음의 영역입니다."

김형사는 고개를 끄덕였다.

"보통 이 주파수 범위보다 낮거나 혹은 높은 음역의 음파는 인간은 귀를 통해서 들을 수 없습니다. 예를 들어서 이 영역대보다 높은 범위의 음파는 박쥐나 일부 조류 중에서는 들을 수 있습니다. 이보다 낮은 음역대의 주파수는 어류나 혹은 일부 포유류동물이 들을 수 있는 영역이고요."

김형사는 말했다.

"그렇다면 우리가 흔히 듣는 음악이나 노래는 모두 이 범위 그러니까 인간이 청력으로 들을 수 있는 주파수 범위대의 음파라는 이야기군요."

전문가가 말했다.

"네 맞습니다. 이 영역보다 높거나 낮은 것은 들을 수 없습니다."

김형사는 말했다.

"하지만 우리가 들을 수 없다고 해서 존재하지 않는 것은 아니지요? 예를 들자면 우리가 흔히 듣는 가요 속에도 이런 고주파나 저주파의 음파를 실을 수는 있다고 보면 되나요?"

전문가는 웃었다.

"물론 가능하죠. 하지만 그게 무슨 의미가 있을까요? 인지할 수 없는데요. 들을 수 없다면 느낄 수 없어요. 사람의 뇌가 안테나처럼 들을 수 없는 영역대의 음파를 잡아내서 반응하지 않는 한 그런 음역대의 음파를 굳이 실어서 들려줄 필요는 없죠."

김형사는 생각했다. 누군가가 그 방법을 알아내거나 해결책을 발견하면 노래에 음파를 실어서 그 음파를 이용해 신체에 영향을 미치는 방법이 가능할지도 모르겠다고. 만약에 음파를 통해서 죽음이라는 소리를 만들어낼 수 있다면 그것을 노래에 실어서 사람의 신체에 주입시킬 수 있을까?

"쿵! 쿵! 삐이이 쿵!"

요란하게 울리는 클럽 안에서 정상적으로 대화를 나누기란 거의 불가능에 가까웠다. 마루는 저녁시간에 이 클럽을 방문했다. 아직은 이른 저녁이었지만 그래도 클럽은 젊은 남녀들로 붐볐다. 그들은 손에 작은 맥주병이나 캔을 들고 마시면서 음악소리에 맞춰 가볍게 몸을 흔들고 있었다. 마루는 재빠르게 클럽 안을 스캔했다. 삼촌의 모습을 찾기 위해서였다.

요란한 음악소리와 현란한 조명은 마치 마루가 삼촌을 찾는 것을 방해하려고 하는 것처럼 마루의 신경을 혼란스럽게 자극했다. 하지만 마루로서는 포기할 수 없었다. 삼촌은 이제 마지막 남은 혈육이다. 마루는 삼촌을 편안하게 해주고 싶었다. 왜 그 오랜 시간동안 병원에 들어가 스스로를 가두었는지 마루로서는 알 수 없었지만 마치 식물인간이 된 친구를 안락사 시키길 원하는 사람들의 마음을 조금은 이해할 수 있을 것도 같았다.

"삐 삐 삐이…… 삐삐삐."

신경에 자극을 주는 요란한 EDM음악 속에서 마루
는 숨은 그림을 찾듯이 클럽 안을 유심히 살폈다. 멀리
에 있는 주방으로 통하는 통로에서 누군가가 약간의 안
주와 물수건을 들고 나왔다. 마루는 그 사람을 유심히
바라보았다. 어딘지 낯설지 않은 비주얼, 걸음걸이, 몸
짓 그것은 삼촌이 틀림없었다. 마루는 망설이지 않고 그
사람을 향해서 빠르게 접근했다.

"삼촌!"

그렇게 마루가 큰소리로 부르자 삼촌이 고개를 돌려
마루를 쳐다보았다. 삼촌은 어색하게 웃으면서 마루에
게 손을 들었다. 삼촌은 옆쪽의 테이블에 앉아있던 사
람들에게 안주와 물수건을 서빙하고 이내 마루에게 돌
아와서 얼싸안았다. 마루도 그런 삼촌을 안으면서 잠시
조용한 곳에서 이야기 좀 하자고 삼촌에게 말했다. 삼
촌은 알았다고 말하고 지배인으로 보이는 사람에게 달

려가 뭐라고 이야기를 한 뒤 외부 출입문 쪽에서 마루에게 오라고 손짓을 했다.

삼촌이 담배 한 개비를 물고 불을 붙였다. 마루는 그런 삼촌에게 말했다.

"삼촌. 몸은 괜찮아요?"

삼촌은 말없이 고개를 끄덕였다. 마루는 삼촌의 담담한 표정에 그래도 마음이 놓이는지 조금은 밝게 이야기했다.

"삼촌. 여기가 편해요? 숙식은요?"
"어, 숙식은 여기서 해결하고 난 편해. 걱정하지 마라. 그런데 여기는 어떻게 알고 온 거야?"

마루는 우연하게 알게 되었다면서 삼촌에게 자초지종을 설명했다. 삼촌은 멋쩍게 웃으면서 고개를 끄덕였다. 마루는 그래도 걸리는 게 있는지 또 물어왔다.

"삼촌 이런 음악 싫어하잖아요. 이런 시끄럽고 자극적인 음악. 매일 이런 거 듣고 있으면 거슬리지 않아요?"

삼촌은 그렇게 걱정하는 마루의 목덜미를 잡고 정겹게 주무르면서 말했다.

"마루야. 그래서 여기에 있는 거야. 이런 음악은 소음과 같거든."

마루는 삼촌이 무슨 말을 하는지 알 것 같았다. 소음 이상의 어떤 의미도 될 수 없는 음악에 둘러싸여 마치 귀머거리처럼 살아가는 삼촌의 인생이 마루에게는 식물인간과 뭐가 다르지 하는 의문을 들게 하였다. 마루는 자꾸만 자신의 주머니속의 노래 테이프를 만지작거렸다. 마치 식물인간의 손등을 꼬집어 반응을 확인하려는 것처럼……

멀리서 김형사가 그렇게 출입구에서 이야기를 나누고 있는 마루와 삼촌을 주시하고 있었다.

 **17**

마치 폭풍우가 몰아치는 한가운데 우뚝 서있는 낯선 나무 한 그루처럼 마루와 삼촌은 그렇게 이야기를 나누고 있었다. 사람들은 그 둘을 스쳐가고 있었고 둘의 만남은 이제 점점 그 끝을 향해 속절없이 달려가고 있었다.

"삼촌. 난 궁금했어요."

삼촌은 인자한 눈으로 그런 마루를 바라보았다.

"왜 내가 삼촌의 고통을 이해할 수 없는 지를요."

삼촌은 조금 깊은 눈이 되어서 마루에게 말했다.

"마루야. 그럴 필요 없어. 너무 애쓰지 말어. 인생은 말야. 설명할 수 없는 게 훨씬 많다. 그거 아냐?"

마루는 삼촌의 손을 잡았다. 그 행동이 말보다도 더 많은 것을 이야기해주는 듯 했다.

멀리서 이 둘의 만남을 지켜보던 김형사는 마루가 삼촌의 손을 잡는 것을 보고 그 둘이 생각보다 가까운 사이일거라고 짐작했다. 잠시 동안 더 이야기를 나누던 둘은 이제 헤어지려는 듯 손을 들어 흔들었다. 김형사는 그렇게 손 인사를 하고 다시 클럽 안으로 들어가는 삼촌을 보았고 감시하던 마루가 뒤돌아서서 터벅터벅 걸어가는 것을 확인했다.

김형사는 천천히 힘없이 걸어가는 마루를 미행했다. 마루에게 심증이 가는 일이 많았지만 사실 김형사는 지푸라기라도 잡는 심정으로 마루를 어제부터 미행하기 시작했다. 저만치에서 길모퉁이를 돌아서 마루가 힘없이 걸어가고 있었다. 김형사는 마루의 모습이 길모퉁이를 돌아 사라지자 조금 빠른 걸음으로 모퉁이로 걸어갔다.

모퉁이를 돈 김형사의 눈에 마루가 보이지 않았다. 김형사는 대신 그 저녁에 골목에 나와서 고무줄놀이를 하는 두 소녀를 발견했다. 소녀 두 명이 노랫소리에 맞춰 고무줄놀이를 했다.

"처음. 느낀. 그대. 눈빛은. 혼자만의……"

아이들은 유재하의 노래에 맞춰서 고무줄을 넘고 있었다. 슬픈 멜로디의 노래가 아이들의 동작에 맞춰 경쾌한 리듬을 타면서 그 어색함에서 오는 엇박자가 이상하게 비현실적으로 다가왔다. 순간 김형사는 당황했다. 뭐지? 어디 갔지? 잠시 동안 그 자리에서 어떻게 돌아가는지를 끼어 맞추는 김형사의 뇌리에 갑작스럽게 불길한 예감이 스치고 지나갔다.

김형사는 클럽을 향해 뒤돌아서 뛰기 시작했다. 클럽

에 도착한 김형사가 문을 열고 안으로 뛰어들었다. 클럽이 조용했다. 클럽 안을 쩌렁쩌렁하게 울리던 전자음악이 꺼져 있었다. 김형사는 클럽 안에서 아까 마루와 만났던 삼촌의 모습을 찾았다. 삼촌은 쉽게 눈에 띠지 않았다. 그때였다. 클럽 안에서 비명 소리가 들려왔다. 사람들이 클럽 한가운데에서 누군가 쓰러진 것을 발견하고 소리를 질렀던 것이다. 김형사는 정신을 차리고 그곳으로 달려갔다.

마루의 삼촌이 플로우에 쓰러져서 경련을 일으키고 있었다. 사람들은 생각했다. 그 사람이 간질병 같은 발작성 질환을 앓고 있는 사람이라고⋯⋯ 사람들에게 김형사가 소리쳤다.

"구급차 좀 불러주세요. 빨리요."

삼촌의 경련은 점점 더 심해지고 있었다. 그때 클럽 안에는 전자댄스음악이 아니라 조용한 발라드가 들려오고 있었다. 퀸의 '투 머치 러브 윌 킬유'가 낮게 그리고 음산하게 클럽 안에서 공명했다. 마치 노래의 공명이 삼촌의 몸을 잡아 흔드는 것처럼 삼촌은 경련하고 또 경련했다. 삼촌은 부르르 떨면서 소리 질렀다.

"노래를! 노래! 꺼! 노래 끄라고!"

김형사는 그렇게 쓰러져서 소리 지르는 삼촌을 보고 사람들에게 이야기했다.

"저 노래 좀 꺼주세요~!"

직원 중에 한 명이 디제이 박스로 가서 플레이어를 확인했다. 누군가가 플레이어의 잭을 뽑아서 자신의 휴대폰에 꽂고서 노래를 틀어내고 있었다. 직원은 그 사람에게 물었다.

"누구시죠?"

직원이 그렇게 물어오자 그 남자는 고개를 푹 숙이고

는 잭을 뽑아서 핸드폰을 들고 디제이 석에서 나오려고
하였다. 직원은 이상하게 생각했지만 평소에도 디제잉
연습을 하는 신입들이 자주 들어오곤 했기 때문에 자
신이 잘 모르는 신입이겠거니 생각하고 그냥 내버려 두
었다. 결국 클럽에 흐르던 노래는 그렇게 끝나고 말았지
만 경련을 일으키던 삼촌은 마지막 비명을 지르고 까무
러치고 말았다.

"노래가 없는 곳이 안전해!"

김형사는 그렇게 이야기하는 삼촌의 말을 못 알아들
었는지 다시 한 번 물었다.

"뭐라고요?"
"노래가 있는 곳에는 어디에나 있어!"

디제이 석에서 급히 빠져나온 마루는 아수라장이 된
클럽을 뒤로 하고 차를 잡아타고는 현장에서 멀어져갔
다. 삼촌은 병원으로 후송되었지만 중환자실로 옮겨졌

다. 산소호흡기를 입에 끼고 힘겹게 숨을 몰아쉬는 삼촌은 계속해서 상상 같은 꿈속에서 혼자 이렇게 되뇌었다.

"마루야, 인생에는 설명할 수 없는 것이 더 많아. 그러니까 너무 애쓰지 말어."

삼촌은 그렇게 계속 반복해서 이야기했지만 마루의 대답은 들려오지 않았다.

 18

병원에서 삼촌이 중환자실에 들어간 것을 지켜보고
담당의사와 이야기를 나누고 있는데 강력반의 막내와
반장이 그런 김형사에게 다가왔다. 김형사는 막내와 반
장을 보고 의사와의 대화를 중단한 뒤 그들에게 이야
기했다.

"반장님, 막내야. 어떻게 알고 왔어?"

막내는 그런 김형사에게 이야기했다.

"선배님, 선배님 발령이 났어요."

"발령? 무슨 발령?"

그렇게 이야기하면서 김형사가 반장의 얼굴을 쳐다보
았다. 반장이 그렇게 쳐다보는 김형사의 시선이 부담스
러운지 고개를 돌리고 낮은 목소리로 말했다.

"발령 났다. 김형사. 대민봉사실에서 근무해라."

고개를 돌리고 이야기하는 반장에게 김형사가 소리
쳤다.

"날 똑바로 쳐다보고 이야기해요!"

반장이 갑자기 그렇게 격앙되어서 소리치는 김형사에
게 이야기했다.

"그러니까 왜 시키지도 않은 일을 하고 다니냐고? 그
리고 여기에 있는 이 입원환자는 왜 꼬치꼬치 캐묻고
다녀? 이 사람 알아보니까 정신병 병력도 있고 무단으

로 병원을 탈출한 환자던데……그냥 아파서 그런 거잖아. 누가 봐도. 안 그래?"

김형사는 그런 반장에게 소리쳤다.

"아니라구요. 뭔가가 있어요. 당신이 모르는 뭔가가 있다고! 이런 발령은 부당해! 내사실에 정식으로 신고하겠어요!"

반장이 그렇게 흥분해서 이야기하는 김형사에게 고개를 돌리고 낮은 목소리로 비웃으며 이야기했다.

"아이~ 누가 병신 아니랄까봐. 가지가지 하고 자빠져 있네. 병신…… 훗."

그 소리를 듣고 막내가 반장을 팔을 잡고 말렸지만 뭔가 이상한 것을 느꼈는지 김형사가 다시 반장에게 소리쳤다.

"나 보고 이야기하라고 했지? 날 보라고!"

반장과 한바탕 벌이고 혼자 사는 집안에 들어서는 김
형사에게 피곤한 기색이 역력했다. 옷을 벗고 샤워실에
들어가 몸을 씻고 난 뒤 가운을 걸치고 부엌으로 들어
갔다. 냄비에 물을 받아 렌지에 올리고 불을 켰다. 평소
좋아하는 국수를 삶아 먹으려고 하는 것이었다.

김형사는 물을 올리고 소파에 푹하고 쓰러진다. 그러
고는 무심결에 티브이 리모컨을 눌러서 티브이를 켰다.
티브이에서는 마침 음악 방송이 나오고 있었다. 화면에
는 지금 한창 인기 있는 남자 아이돌인 밀리언이 출연
해서 노래를 부르고 있었다. 김형사는 화면을 물끄러미
바라보다가 리모컨의 버튼을 조작해서 청각장애인용 화
면을 불러왔다.

김형사는 그렇게 화면 아래쪽 구석에 수화로 가사
를 번역해주는 화면을 틀어놓고는 유심히 화면을 바라
보았다. 정신없이 그렇게 티브이를 보고 있는 김형사의

귀에는 부엌의 렌지에 올려놓은 냄비의 물이 끓어오르면서 상당히 시끄러운 소음이 나는 것이 들리지 않는 듯 했다.

"삐이익~!"

하면서 냄비의 뚜껑이 증기 때문에 들썩이면서 소리를 내어도 김형사는 티브이만을 바라볼 뿐이었다. 김형사는 마치 냄비의 소리는 이 세상에서 들어본 적이 없는 사람처럼 무시하는 태도였다. 무시당한 냄비는 화가 난 사람처럼 더 소란스럽게 울어댔다. 그제야 김형사는 소파에서 몸을 일으켜 부엌으로 갔다.

"아 물이 끓어요. 물이······"

김형사는 오랜 자취 생활 때문에 몸에 밴 능숙한 동작으로 비빔국수를 만들었다. 10분도 안돼서 국수를 만든 김형사가 티브이 앞 탁자에 그릇을 올려놓고 국수를 먹기 시작했다. 맛있게 국수를 먹고 있는 김형사의 집에 초인종이 울렸다. 누구나 들을 수 있을 정도의 초인종 소리. 하지만 이번에도 김형사는 티브이를 보면서 국수를 먹을 뿐 초인종 소리에 반응하지 않았다.

"딩동 딩동."

초인종이 계속해서 울려도 김형사는 모른척했다. 문 밖에는 한 택배회사의 배달원이 초인종을 누르고 있었다. 몇 번을 눌러도 사람이 나오지 않자 그제야 택배원은 문 앞에 매달린 알림판을 보고 읽었다.

"청각 장애인이 살고 있습니다. 급한 게 아니면 그냥 문 앞에 놓거나 수위실에 맡겨주세요."

택배원은 그렇게 쓴 알림판을 읽고 고개를 끄덕인 뒤 조그마한 택배상자를 문 앞에 놓고 사라졌다. 김형사는 청각장애인이었다. 하지만 그 사실을 모르는 사람들은 김형사가 청각장애인인지를 알기가 무척이나 힘이 든다. 그 이유는 김형사는 사람이 말할 때의 입모양을 읽어서 무슨 말을 하는지를 파악하고 그것을 통해 자신의 입으로 이야기를 했기 때문에 얼핏 보아서는 정상인과 똑같다고 느끼기 때문이다.

그가 휴대폰을 쓸 때는 거의 백 프로 문자메시지나 톡을 이용해서 의사소통을 하고 있었다. 김형사가 자신에게 이야기하는 사람의 얼굴을 뚫어져라 빤히 보는 습관은 입모양을 읽기 위한 처절한 몸부림이라고 보면 된다. 자칫 너무 빤히 쳐다봐서 기분이 나빠지더라도 김형사는 그렇게 집중해서 얼굴과 입모양을 볼 수밖에는 없는 것이었다.

김조은 형사는 조심스럽게 자신이 언제부터 귀가 들리지 않았는지를 회상해보았다. 하지만 그 기억이 그의 잃어버린 청력을 되돌려 주지는 않았다. 그리고 시간이 지날수록 자신이 기억하는 소리라는 것이 점점 잊혀져 가는 것을 느낀다는 것은 고문과도 같은 것이었다. 마치 자신의 망각이 자신의 모습마저도 추억마저도 잃어버리게 만들지도 모른다는 고문.

김형사는 자신이 듣지 못하게 된 시기가 얼추 1997년 여름쯤이라고 기억해내었다. 정말 이상한 것은 김형사가 소리로 기억하는 단어 중에 준호라는 이름이 있었다는 것이다. 김형사는 그 소리를 기억했다. 준호…… 자신이 준호를 불렀을 때의 소리. 그리고 준호가 다시 자신의 이름을

"응…… 조은아." 하고 불렀을 때의 소리를 비교적 정확히 기억했다.

세상에는 설명할 수 없는 일이 많았다. 하지만 그렇게 설명할 수 없는 일을 통해서 우리는 조금 더 인간이라는 실체의 본 모습에 한발자국 가까이 다가가는 경우도 있다. 김형사가 만약 어렸을 적 친구인 민준호의 실종을 어떻게든 풀어낸다면 자신의 잃어버린 청각이 되돌아올지도 모른다는 막연한 맹목은 하지만 지금 김형사를 움직이는 최고의 동기가 되어주고 있다는 사실을, 김형사 그 자신은 모르고 있었다.

그렇게 자신의 과거를 반추해보던 김형사는 자신이 탁자 위에 놓아둔 핸드폰이 울리는 것을 보았다. 진동으로 해두었던 핸드폰이 울리면서 떨려왔다. 그와 동시에 티브이화면의 하단에 긴급속보라는 자막이 나타났다.

"그룹 밀리언의 리더 레오, 다니던 학교의 동아리방에서 변사체로 발견."

김형사는 티브이 자막에 놀라서 핸드폰을 거머쥐고는 들어온 문자를 살펴보았다.

"동남 대학교에서 유명 남자 가수의 변사체 발견. 목격자로 추정되는 장애인 학생 신변확보 중입니다. 형님이 통역 좀 해주셔야겠습니다. 지금 좀 와 주세요."

김형사는 지금 곧장 가겠다는 답문을 남기고 옷을 빠르게 챙겨 입고 집을 나섰다. 하지만 김형사는 티브이를 켜놓은 채로 나가버리고 만다. 아무도 없는 집 거실에는 듣는 사람 없는 음악소리가 계속 흘러나왔다. 문 앞에 놓인 작은 소포는 급하게 나가는 김형사의 발에 채여서 조금 움직였다. 하지만 바쁘게 나서는 김형사에게 소포는 안중에도 없었다.

"뭐야? 이게?"

김형사는 그 소포를 들어서 잠깐 흔들어 본 뒤에 별거 아니라고 생각했는지 문을 열고 거실 쪽으로 휙하고 던져 놓은 뒤 문을 닫고 뛰쳐나갔다. 소포가 뒹굴면서 거실바닥에 자신의 안식처를 찾은 듯 안착했다.

 19

　한달음에 현장에 도착한 김형사는 시체가 발견된 동아리방으로 들어갔다. 동아리방 안은 피비린내가 진동하고 있었다. 익숙하지 않은 사람들은 계속해서 헛구역질을 해댈 정도였으니 말이다. 반장은 룸에 들어온 김형사를 보고 겸연쩍은 듯 배시시 웃으면서 이야기했다.

　"어이, 김형사. 이리와! 잘 왔어. 여기 목격자한테 뭣 좀 물어봐주라."

　김형사는 아까 전에 싸운 뒤의 감정이 정리되지 않아서 조금 심란했지만 그래도 사건은 사건이고 일은 일이니까 협조해줄 요량으로 목격자에게 다가갔다. 능숙한 수화로 목격자에게 이야기했다.

"수화가 편해요? 입모양 읽을 수 있어요?"

그렇게 수화로 이야기하자 목격자인 듯한 젊은 여성이 수화로 이야기했다.

"수화가 편해요."

김형사는 알았다는 수화를 하고는 물어보았다.

"뭘 목격했습니까? 범행을 목격했나요? 아니면……"

그 학생으로 보이는 여자는 수화로 다급하게 이야기했다. 김형사는 여자의 수화를 직접 읽어서 옆에 있던 형사들에게 알려주었다.

"제가 동아리방에 두고 온 것이 있어서 늦었지만 학생회관에 왔어요. 전 요 앞에서 자취하고 있거든요. 다들 집에 가고 아무도 없을 시간이었어요. 10시가 넘었으니까요."

김형사가 그렇게 유창한 수화 실력으로 목격자의 진술을 통역해주자 그제야 반장은 사색이 되어 있던 표정에서 넉넉한 웃음으로 변신하면서 그런 김형사의 어깨를 자꾸만 주물러 주었다. 김형사는 반장을 기회주의자라고 생각했는지 짐짓 그런 반장을 모른 척하고 통역에만 주력하였다.

목격자의 진술은 계속되었다.

"보시다시피 저는 전혀 듣지 못하고 말도 못합니다. 그래서 전 그런 장애 때문인지는 몰라도 촉각에는 대단히 민감합니다. 동아리방을 나가려다가 제가 진동을 느꼈어요. 마치 시끄러운 소리가 나는 스피커 옆에 있으면 진동이 느껴지는 것처럼 말이죠."

그녀가 그렇게 이야기하자 반장과 다른 반원들이 상

황파악을 하기 시작했다. 그런데 그렇게 이야기하던 그녀가 잠시 이야기를 멈추고 수화로 말했다.

"누군지, 전화 왔네요."

김형사가 그렇게 전달하자 반원 중의 한 명이 바지주머니에서 핸드폰을 꺼냈다. 진동으로 해놓은 핸드폰에 전화가 왔던 것이다. 반장이 그런 모습을 보고 말했다.

"그러니까 이런 식이란 거지? 진동이 느껴지는 게?"

목격자에게 김형사가 물었다.

"그래서요?"

"그래서, 옆에 있는 동아리방 앞에 갔어요. 누가 있나하고요? 그런데 갑자기 누군가 동아리방 문을 열고 뛰어나오더라구요. 마치 도망치듯이 황급히 뛰쳐나가 길래. 좀 이상하다고 생각했어요."

반장이 김형사의 통역을 듣고 이야기했다.

"그래서 룸에 들어갔나 보죠? 시체가 있던가요?"

반장의 질문을 김형사가 수화로 바꾸어 전달하자 목격자가 고개를 크게 끄덕였다. 뛰쳐나간 사람이 분명히 범인이라고 단정할 수밖에 없는 상황이었다. 용의자의 인상착의가 중요했다. 반장이 다그쳤다.

"뛰쳐나간 사람, 얼굴 봤어? 얼굴?"

목격자가 대답했다.

"네 봤어요. 어둡긴 했지만 분명히 봤어요."

목격자에게 묘사해 보라고 반장이 말했다. 목격자는 반장의 조바심이 읽혀지기라도 하는 것처럼 곰곰이 생각해서 그림을 그리듯이 자세하게 이야기하기 시작했다.

"중키였어요. 한 175 정도? 마른 체형이었구요. 얼굴은 조금 갸름하지만 턱이 약간 나왔어요. 눈썹은 짙었는데 눈에 쌍꺼풀은 없었던 거 같아요."

그렇게 수화를 통해 전달하던 김형사가 이야기를 전달하다 말고 멈추었다. 반장과 반원들이 물었다.

"왜 멈춰요? 뭐라는 거야?"

김형사는 뭔가 이상하다고 생각하고는 자신의 호주머니에서 핸드폰 하나를 꺼내어 목격자에게 보여주면서 물었다.

"혹시 이 사람이에요?"

목격자에게 김형사가 내민 사진은 바로 마루의 사진이었다. 목격자는 사진을 보고 놀라면서 말했다.

"네. 이 사람 맞아요. 분명해요."

반장은 그렇게 두 사람이 수화로 주고받는 이야기를 알 수 없어서 발을 동동 구르면서 재촉했다. 반장의 재촉에 김형사는 다시 한 번 목격자에게 물었다.

"잘 봐요. 사진 속의 이 남자가 동아리방에서 뛰쳐나온 그 남자가 맞아요?"

목격자는 확실하고 단호하게 대답했다.

"네. 맞아요. 그 사람이에요."

김형사는 옆에 서서 같이 이야기를 듣던 막내에게 이야기했다.

"막내야. 그럴 수는 없어. 이 사진은 어제 저녁 10시경에 찍은 거야. 그런데 이 사람이 같은 시간대에 동아리방에 있었다고? 적어도 20킬로는 떨어져 있는 곳에?"

막내가 사진이 찍힌 시간을 확인했다. 어제 저녁 10시

09분경이라고 확인되었다. 현장을 확인하고 증거를 수집하던 감식반원이 반장에게 알려왔다. 시체의 손목에서 뭔가가 발견되었다. 반장이 시체의 손목을 확하고 걷어 올려 확인했다. 마치 어떤 상형문자처럼 기이하고 그로테스크한 문양이 손목에 그려져 있었다. 김형사는 자신의 핸드폰으로 그 문신을 사진 찍었다. 뭔가 단서가 될지도 모른다고 생각했기 때문이다.

20

　김형사는 사무실로 돌아와서 자신이 핸드폰으로 찍은 죽은 레오의 손목사진을 들여다보았다. 알 수 없는 문양의 문신. 아무래도 김형사는 그 사진이 무언가 단서가 되어줄 것이라는 막연한 기대감을 가지고 있었다. 하지만 어디에서부터 추적해보아야 할지 갈피를 잡지 못했다.

　늦은 밤이 되어서야 집에 돌아온 김형사를 맞아주는 것은 모르고 켜둔 채 집을 나선 티브이소리 뿐이었다. 그리고 급히 나가면서 거실 바닥에 던져두고 나간 작은 소포가 눈에 띄었다. 김형사는 소파에 앉아서 소포를 뜯어보았다. 그 안에는 작은 목걸이와 같은 금속성의 물체가 얌전히 놓여 있었다. 김형사는 그 장신구를 조심히 손으로 집어 올렸다. 어디선가 본 듯한 문양.

김형사는 장신구를 유심히 살펴보고 자신의 핸드폰에 찍어 두었던 문신사진과 비교했다. 같은 문양이었다. 다만 소포로 보내진 장신구처럼 보이는 문양에는 'Orpheus'라는 글자가 확연하게 도드라져 있었다.

"오르페우스?"

어디에선가 들어본 듯한 이름. 어디서 들어봤더라? 아무래도 그리스 신화에 나오는 그 오르페우스라는 단상이 김형사로 하여금 확신에 가깝게 다가갈 즈음. 김형사는 이미 검색창에 오르페우스를 치고 있는 자신을 발견했다. 검색창에 쳐서 찾아낸 오르페우스에는 대단히 많은 검색결과가 화면을 채웠다. 오르페우스의 신화는 대략 이런 것이었다.

오르페우스는 신과 님프사이에서 태어난 반신이다.

음악의 신으로 알려진 아폴로를 아버지로 하였으니 음악에는 천부적인 재능을 가지고 태어난 존재이다. 그런 오르페우스는 자신의 아내가 불의의 사고로 죽게 되자 식음을 전폐하고 슬퍼한다. 그리고 아내가 간 죽음의 세계에 가서 아내를 되돌려 받기로 결심한다.

오르페우스는 저승에 내려가 신인 하데스 앞에서 연주를 하여 음악으로 하데스를 감동시키고 그렇게 하데스를 설득해서 아내를 다시 지상으로 데리고 갈 수 있는 허락을 받았다고 한다. 다만 지상에 도달하기 전에 뒤에서 따라오는 아내를 돌아보아서는 안 된다는 약속과 함께였다. 하지만 지상의 빛에 도달하기 직전 오르페우스는 참지 못하고 아내를 뒤돌아보고 결국 아내를 데려오지 못하고 혼자만 지상에 도달한다.

"에구 바보같이…… 좀 참지."

김형사가 이미 예전에 잊어버린 오르페우스의 신화를 읽어가면서 마치 어린아이처럼 안타까워한다. 신화는 거기에서 끝나지 않고 계속된다.

오르페우스는 아내를 데리고 오는데 실패하고 지상에서 시름에 겨운 생활을 한다. 아내를 너무 사랑한 나머지 이제 다른 여자와는 대화도 하지 않는 오르페우스는 그래서 동성애자들의 신이라고도 불린다. 어쨌든 오르페우스는 이 일화 외에도 아르고호 원정대에 참여해서는 리라 연주로 바다의 폭풍을 잠재우고, 괴조 세이레네스의 유혹하는 노랫소리를 제압하기도 하였다고 한다.

여기까지 읽어 내려가던 김형사의 시선을 사로잡은 것은 바로 그 다음에 이어지는 이야기였다. 오르페우스의 일화는 훗날 사람들에게 전승되면서 일종의 종교와 같은 것을 만들어 내었다는 이야기. 일명 오르페우스교는 오르페우스가 저승에 가서 음악을 통해 죽음을 뛰어넘는 능력에 대해 주목하였고 오르페우스가 저승에 다녀올 때 인간이 죽은 뒤 만나게 되는 모든 장애와 함정을 피해 천상에 이르는 비결을 알아내서 가져왔다고 믿었다.

그래서 오르페우스가 저승에서 돌아와 썼다는 시와 문헌들을 토대로 교리와 신비의식을 만들고 오르페우스를 창시자로 하는 종교집단을 이루었다고 한다. 오르페우스가 썼다는 80여 편의 〈오르페우스 찬가〉와 아르고 원정대의 내용을 오르페우스를 중심으로 바꾼 〈아르고 나우티카 오르피카〉는 오르페우스교의 경전으로 꼽힌다고 한다.

"오르페우스교……"

오르페우스교는 죽음을 초월한 오르페우스를 신으로 모시는 종교집단이었다. 그런 오르페우스교를 상징하는 문양이 새겨진 장식품과 죽은 가수의 손목에 그려진 그와 똑같은 문양이 거부할 수 없는 연관성으로 김 형사의 상식을 자극했다. 이 소포가 어떤 경로를 통해 자신에게 도달한 것인지는 알 수 없지만 누군가가 이 사건의 숨겨진 배경에 대해서 어떤 단서를 자꾸만 제공하고 있다는 느낌을 지울 수 없었다.

만약에······ 만약에 말이다. 지금 현실의 이 대한민국
에 오르페우스교라는 밀교가 횡행하고 있다면 그들은
자신들의 존재가 드러나지 않도록 여러모로 대단히 신
중하게 활동하고 있을 거라는 것은 당연해보였다. 하물
며 자신들의 신자라고 판단되는 유명가수가 시체로 발
견되었다면 아마 모든 활동을 잠시 중단할 정도로 조
심스러워질 거라는 것은 누구라도 예상할 수 있는 것
이었다. 그래서 김형사는 자신이 그들을 찾아내는 것
이 아니라 그들이 자신에게로 찾아오도록 유도해야한
다고 생각했다.

"반장님. 이번 한 번만 부탁을 들어주시면 제가 자진
해서 대민봉사실로 가겠습니다. 대신 이번 사건만은 저
의 부탁을 한 번 들어주십시오."

김형사의 집요한 부탁에 처음에는 거절하던 반장도
이번 한번 만이라는 약속을 받아낸 뒤 부탁을 수용했
다. 김형사의 부탁은 간단한 것이었다. 자신을 이번 레
오의 살해사건의 담당 형사로 공식적으로 이름을 올려

달라는 것이었다. 또 다른 한 가지는 증거로 문신모양이 기자들 앞에서 브리핑이 될 때 자신의 이름과 소속이 노출되게 해주시고 문신모양에 대한 시민의 제보처로 자신의 핸드폰번호를 같이 명기해 달라는 것이었다.

"이번 레오살해사건에 대해서 중간수사 결과를 브리핑 드리겠습니다. 아시다시피 그룹 밀리언의 리드싱어인 레오는……"

수사 브리핑의 말미에 레오의 손목에 그려진 문신모양과 사건의 연관성에 대한 가능성이 조금 언급되었고 문신모양에 대한 제보를 기다린다는 발언이 전달되었다. 김형사는 자신의 얼굴과 연락처가 노출되자 만족스러운 표정을 하고 옆에 있던 막내를 바라보았다. 막내는 내심 걱정스러운 듯 김형사를 바라보면서 이야기했다.

"선배님. 귀찮지 않으세요? 전화라도 걸려오면…… 제가 착신해서 대신 받아드릴까요?"

김형사는 자신 있는 표정으로 말했다.

"찾아가기 힘들다면 찾아오게 만들어야지…… 하하."
"네? 무슨 말씀이세요?"

막내는 아직 김형사의 의도를 알아차리지는 못했다.

리

　많이 어두운 밤. 김형사의 집 앞은 희미하게 비추는 가로등 외에는 검은색의 어둠만이 주위를 둘러싼 그런 밤이었다. 이제 주위를 밝히던 빛이 잦아들고 내일을 위해 그만 어둠을 받아들여야 하는 잠이 세상을 지배하는 시간대가 되었다. 하지만 아직까지도 그런 김형사의 집을 주시하는 눈빛이 있으리라고는 짐작하기 힘든 비밀스러운 밤이다.

　그 눈빛은 이미 빛이 없어진 김형사의 집 거실을 향하고 있었다. 조직의 명령을 따라야 하는 그녀였지만 이런 오밤중에 남의 집 앞에서 감시해야 하는 것은 누구에게나 달가운 명령은 아니었다. 하지만 김형사의 일거수일

투족을 감시해서 보고하라는 조직의 명령을 거부할 수는 없는 처지였다.

그 감사자는 자칫 소홀해질 수도 있는 감시 업무를 자신이 해야 하는 것에 대해서 불만을 가지고 있지는 않았다. 처음 조직에 들어오는 사람은 감시업무부터 해야 하는 것이 당연하다고 생각했고 또 교단의 다른 선배들도 그게 당연하다고 그녀에게 그렇게 자주 말하곤 했기 때문에 거기에 대해서 불만을 가지고 있는 것은 아니었다. 다만 이런 상황에서 무작정 감시만 하고 있다는 것이 왠지 쓸모없이 일거리를 만드는 행위는 아닌지 회의가 드는 것은 사실이었다.

그때였다. 어디에선가 사이렌소리가 들려왔다. 감시자는 그 소리에 잠깐 긴장을 해서는 주위를 두리번거렸다. 저 만치에서 하얀색의 구급차가 경광등을 켜고 김형사의 집으로 다가오는 것이 보였다.

"뭐지?"

감시자인 그녀는 의아한 표정으로 골목길에 숨어서 그렇게 구급차가 다가오는 것을 주시했다. 예상대로 구급차는 김형사의 집 앞으로 다가왔고 멈추어 서서는 세 명의 구급대원을 토해놓고는 시동을 끄고 대기했다. 구급대원 세 명이 김형사의 집으로 들어갔다. 주택단지여서인지 오밀조밀 붙어있는 이웃집 창문이 열리고 살펴보는가 하면 옆집에서는 어느 아주머니가 나와서 김형사의 집을 유심히 들여다보기도 하였다.

잠시 후…… 구급대원들이 김형사를 부축하고는 대문을 나오는 모습이 보였다. 감시자는 그런 모습을 유심히 살펴보았다. 사실 이런 감시생활을 하면서 여러 가지 경우를 당해보기는 했지만 오늘처럼 구급차가 와서 감시대상을 실어가는 경우는 좀처럼 대하기 힘든 경우인 것은 사실이었다.

"무슨 일이지?"

감시를 하던 그녀는 사태의 진위를 파악할 필요를 느

껐다. 만약 누군가가 결정적인 제보를 하고 그것을 들은 김형사가 신변의 위협을 느꼈다면 발생할 수도 있는 돌발 상황에 대해서 감시자는 진위를 파악할 의무가 있다고 생각했기 때문이다. 김형사가 자신들과 관계된 가수 레오의 담당형사이고 자신들을 상징하는 표식에 대한 제보를 담당한 형사였기 때문에 그들로서는 그런 김형사의 모든 것을 감시할 필요가 있었던 것이다.

감시자는 곧장 차를 몰아서 그 구급차를 따라서 미행했다. 구급차는 그곳에서 그렇게 멀리 떨어지지 않은 한 종합병원의 응급실로 들어갔다. 감시자인 그녀는 어떤 방식으로든 응급실에 들어가야 했다. 하지만 아무런 용무도 없이 응급실에 들어가는 것은 뭔가 어색하다고 생각한 그녀는 갑자기 불규칙적으로 숨을 몰아쉬면서 가슴을 움켜쥐었다.

"허……허어……하 하."

그렇게 숨을 몰아쉬면서 마치 호흡이 곤란한 급성천

식 환자처럼 연기를 하던 그녀가 그런 모습으로 응급실에 들어갔다. 간호사 한 명이 그렇게 호흡이 곤란한 것처럼 연기하는 그녀에게 다가와서 괜찮냐고 물으면서 부축을 하여 김형사가 누워있는 병상의 옆에 그녀를 조심스럽게 눕혔다.

김형사의 옆에 누운 그녀는 아픈 척을 하면서 김형사를 자세히 관찰했다. 혹시라도 자신들의 조직에 대한 정보가 새어 나간 것은 아닌지 의심스러운 상황이라고 판단했던 것이다. 그런데 김형사는 간호사에게서 무슨 약인가를 받아들고는 물과 함께 먹은 뒤 금방 안정을 찾은 듯 침대에 편안히 누워서 잠이 들었다.

영문을 모르는 감시자는 간호사가 자신에게 투약하기 위한 주사기와 천식환자를 위한 호흡기를 가지고 오는 것을 보고 빨딱하고 침대에서 일어났다. 간호사가 위험하니까 누워 있으라고 이야기하자 감시자는 이제 괜찮다고 말하면서 침대에서 일어나 응급실 문을 열고 나왔다. 그러고는 자신이 타고 온 차를 몰고 어딘가를 향해

밤길을 달렸다. 그런데 그런 감시자의 차를 뒤따르는 차가 한 대 있었다.

그 차에는 막내가 타있었고 막내는 감시자가 눈치 채지 못하도록 조심스럽게 감시자의 차를 미행하고 있었다. 김형사는 자신이 그 문신문양에 대해서 제보처로 등록되어 있고 살인사건의 담당 형사 중에 하나로 올라와있기 때문에 분명 오르페우스교의 감시가 있을 것이라고 확신했다. 자신이 미끼가 되면서 감시자의 존재를 추적할 수는 없기 때문에 부득이 막내를 동원해서 자신을 감시하는 존재를 추적하도록 말을 맞춰놓았던 것이다.

그냥 일반적인 상황에서는 감시자를 선별하기가 대단히 어렵기 때문에 김형사는 자신의 안위에 무슨 문제가 생긴 것처럼 가장해서 자신을 감시하는 감시자가 누구인지를 가려내려는 일종의 쇼를 했던 것이다. 며칠 전부터 막내는 김형사의 집주변에서 눈에 띄지 않게 감시자를 발견하기 위해 잠복근무를 하였고 드디어 감시자로 보이는 그녀를 선별한 뒤 진짜로 김형사를 감시하는지 확인하기 위해 김형사가 구급차에 실려 가는 상황을 연출해 본 것이었다.

"찾을 수 없다면 찾아오게 만들어야지."

막내는 자신의 핸드폰으로 현재의 위치를 실시간으로 김형사의 핸드폰으로 전송하고 있었다.

막내는 감시자가 차에서 내려서 어느 빌딩으로 들어가는 것을 목격하고 김형사에게 자신의 위치를 전송했다. 그렇게 전송하고 잠시 차 안에서 대기하면서 담배에 불을 붙이고 한 모금 빨아들이고 있었다.

"톡 톡."

그렇게 담배를 한 모금 빨아들인 막내의 운전석 창문을 누군가가 톡톡 두드렸다. 막내는 그렇게 두드리는 사람을 보고 창문을 내려 물어보았다.

"왜 그러시죠?"

"담배 불이 없어서 그런데 불 좀 빌립시다."

막내는 호주머니에서 라이터를 꺼내서 그렇게 부탁한 사람에게 담뱃불을 붙여 주었다.

라이터의 불빛이 그런 상대방의 얼굴을 비추었다. 불빛에 드러난 사람의 얼굴이 보였다.

그 사람은 음악평론가 임지모 씨였다.

 22

김형사가 보기에 아무래도 그 조각상은 뭔가 이상해 보였다. 마치 그리스 신화에 나오는 어떤 인물을(이를테면 오르페우스처럼) 조각해 놓은 것 같은 그 조각상이 건물의 정면 화단에 세워져 있었다. 김형사는 한 시간 전부터 바로 이 위치에 도착해서 막내를 찾아보았다. 하지만 막내는 어디에도 없었다. 막내가 보내온 마지막 장소가 바로 이곳이고 이곳에서 막내의 휴대폰이 꺼져 버렸다. 막내는 이곳 어딘가에 있을 확률이 높다고 김형사는 생각했다.

조각상을 바라보던 김형사가 조각상 앞으로 다가갔다. 조각상을 유심히 바라보았지만 이상한 것을 발견하기 힘들었다. 그렇게 조각상을 살펴보다가 이상한 점을 발견하지 못하고 돌아서는 김형사의 눈에 뭔가가 들어왔다. 조각상이 놓여있는 대리석 받침대의 한쪽 구석에서 바람이 나오고 있었다. 작은 빈틈에서였지만 그 틈에서 나오는 바람이 바로 앞에 있는 잡초를 흔들어대고 있었던 것이다. 김형사는 조각상이 통로일 거라고 단정하고 버튼 같은 것을 찾아서 조각상을 이리저리 만지고 눌러보았다.

아무리 찾고 여기저기를 눌러 보아도 통로는 발견되지 않았다. 김형사가 이건 아닌가 싶은 생각에 아무 생각 없이 한 손으로 조각상을 짚고 그 손에 무게를 실어서 지탱하는 자세로 숨을 돌렸다. 그런데 그렇게 힘을 실어 뻗은 팔에 밀려 조각상이 조금 옆으로 회전을 하였다. 조각상이 회전하자 깜짝 놀란 김형사가 팔을 거두고 조각상을 살펴보았다. 역시나 조각상 자체가 조금 틀어져 회전했다. 김형사는 힘을 더 해서 조각상을 회전방향으로 밀어젖혔다. 돌아간 조각상의 회전축을 중심으로 아래로 연결된 계단이 모습을 드러냈다.

"아하~ 이런 데에……."

김형사가 그 계단을 따라서 아래로 내려갔다. 어두운
계단을 조심스럽게 내려가자 커다란 철제문 앞에 다다
랐다. 김형사는 망설임 없이 그 문을 열었다. 문을 열자
김형사의 눈에 수십 명이 바쁘게 움직이는 모습이 들어
왔다. 사실 약간 당황스럽긴 했지만 김형사는 마치 그들
과 같은 신자의 일원인 것처럼 내심 여유로운 표정을 하
고 안으로 들어갔다.

신자들로 보이는 사람들이 바쁘게 예복을 입고 단장
을 하고 있었다. 김형사도 그들처럼 행동하는 것이 좋겠
다고 생각하고 구석자리에 열려진 캐비닛에 가서 걸려
있던 예복을 입었다. 100여 명에 가까운 많다면 많은
신도들이 복장을 갖추고 의식을 준비하는 것으로 보이
는 강당에 들어가서 차례대로 열을 지어서 질서정연하
게 앉았다. 주변의 많은 신도들이 손에 염주 같은 것을
들고 계속 돌리면서 알 수 없는 주문 같은 것을 자꾸 외
웠지만 김형사는 그냥 가만히 앉아서 무슨 일이 벌어지

는 지를 관찰하고 있었다.

"오르페우스!"

정면 앞에 마련된 강단에 누군가가 나타나자 신도들이 탄성을 지르면서 오르페우스라는 이름을 연호했다. 김형사도 그런 그들의 행동에 보조를 맞추면서 똑같이 소리 질렀다. 그렇게 예식은 시작되었고 사람들은 점점 이성을 상실한 듯한 행동을 보이기 시작했다. 마치 신들린 것처럼 두 손을 모으고 팔다리와 목을 덜덜 떨면서 주문을 외우는가 하면 어떤 이는 이미 정신을 잃은 듯 두 손 만을 들고 흔들어대기도 하였다.

마치 오르페우스를 현세로 불러내려는 것 같은 광란의 의식이 계속되었다. 그들은 저마다 이상하게 생긴 노트하나씩을 가지고 있었는데 그 노트는 마치 찬송가집 같이 오르페우스의 노래를 적어놓은 것처럼 보였다. 김형사는 되도록 눈에 띄는 행동을 하지 않으려고 주변을 자주 살피면서 그들의 행위를 따라서 모방했다.

어느 정도의 시간이 흐른 뒤 단상에 있던 한 신도가 단상 뒤편으로 사라졌다가는 이내 뭔가가 담겨있는 상자를 하나 가지고 돌아왔다.

"이제 희생 제물에 대한 정화의식이 시작됩니다!"

그 남자로 보이는 신도가 그렇게 외치고서는 단상에서 내려와 단상 아래에 줄지어 있던 신도들을 향해 와서는 상자에서 연결된 이어폰 같은 것을 앉아 있는 신도들의 귀에다 갖다 대었다. 그러자 이어폰을 귀에 댄 신도들이 마치 기절이라도 하는 것처럼 하나씩 하나씩 바닥에 널브러졌다. 그런 모습을 지켜보던 김형사는 두려운 생각이 들었다. 대체 그 이어폰에서는 무슨 소리가 들리기에 사람들이 저렇게 쓰러져 가는지 김형사로서는 이해할 수도 공감하기도 힘든 모습이었던 것이다.

"아~! 아!"

앞줄에 있던 몇몇의 신도들이 그렇게 기절하면서 쓰

러지자 그 상자를 들었던 남자가 다시 단상으로 올라갔다. 사람들이 제물이라는 함성을 단체로 내지르자 상자를 들었던 남자가 상자의 뚜껑을 열기 시작했다. 그러고는 상자 속에 손을 집어넣어서 그 안에서 뭔가를 끄집어내었다. 김형사도 그런 남자의 행동을 유심히 바라보았다.

"억! 어!"

김형사는 깜짝 놀라서 그 집어 올려진 물건을 바라보았다. 그것은 막내의 머리였다. 막내의 잘려진 머리가 두건을 벗어버린 임지모의 손에 들려서 끌어올려졌다. 머리의 양쪽 옆으로 달린 귀에 두 개의 선이 연결되어서 이어폰처럼 외부로 이어졌다. 막내의 얼굴은 그 고통을 짐작할 수 있을 정도로 심하게 일그러져 있었고 불쌍하게도 눈도 감지 못하고 부릅뜬 채 죽음의 순간을 재현하고 있었다.

막내의 머리가 들려서 공개되자 신도들은 더욱 이성

을 잃어버리고 거의 난동에 가까운 반응을 보이기 시작했다. 김형사는 그런 그들의 행동을 흉내 내서 마치 이성을 잃은 듯 행동했지만 막내의 머리를 보고 거의 정신을 차리지 못할 정도로 강한 충격을 받은 상태였다.

"허어어~ 아~ 아!"

김형사는 그렇게 흐느끼고 있었다. 막내의 머리가 주는 반응은 신도들처럼 신심에 겨운 분출이 아니라 충격과 쇼크로 인한 망연자실이었지만 그들이 외부로 보여주는 반응은 마치 같은 것처럼 보였다. 그리고 김형사는 이성을 찾기 위해 노력했다.

'어떻게든 여기서 살아나가야 된다. 김조은, 정신 차려!'

의식이 거의 막바지에 다다랐는지 신도들이 조금씩 제자리를 찾아서 앉고 조용히 흥분을 가라앉히는 듯 했다. 하지만 김형사는 계속해서 막내의 머리만을 바라보고 있었다. 마지막 의식은 마치 천주교의 미사를 본뜬 것처럼 신도들이 한 명씩 차례대로 나와서 오르페우스의 신심을 증명하기 위해서 작은 바늘에 손가락을 찔러 피를 한 방울씩 바치는 그런 의식을 행하려고 하였다.

김형사는 그들의 그런 의식을 자세히 살펴보았다. 앞에 있던 신도들이 차례대로 혼자 강단앞쪽에 서있는 임지모에게 나아갔다. 임지모는 그렇게 한 명씩 다가온 신도들이 자신의 귀에 뭔가를 속삭이면 그것을 듣고서야 자신이 가지고 있는 작은 바늘로 손가락을 찔러 피를 한 방울씩 받아내었다. 하지만 아무리 입모양을 보려고 해도 한손으로 자신의 입을 가리고 임지모의 귀에 대고 속삭이는 말이 무엇인지 김형사로서는 도저히 볼 수 없는 상황이었다.

점점 김형사의 차례가 다가왔고 임지모와의 줄은 짧아지고 있었다.

23

김형사와 임지모사이의 줄이 점점 짧아지고 있었다. 오르페우스교 예식의 끝은 신도들이 한 명씩 나와서 그 달에 정해져 있는 암호를 간부에게 말하면 그 간부신도가 바늘로 손가락을 찔러 피를 한 방울 받아내는 것이었다. 그달에 정해진 암호는 신도들이 아니라면 절대로 알 수 없도록 조심스럽게 신도와 신도를 거쳐서 전달되는 방식이었다. 만약 신도가 아닌 불청객이 몰래 잠입한다면 암호를 모를 경우 바로 색출될 수밖에 없는 안전망 같은 것이었다.

만약 그들이 암호를 그냥 말만 했다면 입모양을 읽을 줄 아는 김형사는 그대로 따라 해서 무사히 예식을 통과하고 이곳에서 목숨을 부지한 채 나갈 수 있겠지만 그들은 모두 자신의 입을 가리고 암호를 말하고 있었다. 김형사는 초조하게 줄을 따라서 한 발자국 한 발자국 임지모에게 다가가고 있었다.

김형사는 어쩔 줄 몰라서 당황하는 기색이 역력했다. 김형사는 주위를 두리번거리면서 이 암호의 단서를 찾기 위해 여기저기를 바라다보았다. 그런 김형사의 눈에 단상에 앉아 있는 상당히 높아 보이는 한 사람이 옆에 앉아있는 누군가에게 이야기를 하는 모습을 발견했다. 두건에 가려서 얼굴전체를 확인할 수는 없었지만 간신히 입모양은 확인이 가능했다. 김형사는 재빠르게 입모양을 읽었다.

하지만 김형사의 뛰어난 독해능력에도 불구하고 그 사람이 말하는 것을 읽어낼 수 없었다. 김형사로서는 이해하기가 힘들었다.

'어 뭐지? 뭐라고 하는지 모르겠어. 뭐지?'

김형사가 속으로 그렇게 영문을 몰라서 의아해했다. 김형사가 읽지 못하는 말은 없다. 다만 그것이 한국어일 때는 그렇다. 만약 말하는 사람이 외국어를 구사한다면 그것을 읽지 못할 가능성도 있었다.

"콘게츠…… 안고오오 칸코쿠고 데…… 데스카?"

일본어였다. 김형사가 읽어 들인 일본어는 띄엄띄엄이 정도가 최선이었다. 낯선 일본어로 옆 사람에게 뭔가를 이야기하는 단상위의 한 사람만이 김형사에게는 유일한 조력자였다. 옆에 앉아있던 사람이 그렇게 물어오는 일본인에게 이야기했다.

"윗대가리."

김형사는 그 사람의 대답을 그대로 읽었다. 대가리. 대가리라고 말하는 것이 분명하다고 생각했다. 대가리? 대가리? 김형사는 대가리라는 단어를 뭐라고 해석해야 좋을 지 잠깐 동안 고민했다. 만약 그 일본인이 물어본 말이 상자에 담긴 머리를 한국어로 뭐라고 하죠? 라고 물었다면 대가리라는 말이 나올 수도 있는 상황이다. 조직의 맨 위에 있는 사람을 낮춰 불러서 뭐라고 하죠? 역시 대가리라는 말이 나올 수도 있다.

자신이 없었다. 뭔가 확실한 단서를 찾아서 주위를 더 두리번거렸지만 그들이 약속한 암호를 알아내기란 불가능해보였다. 줄은 이제 거의 없어지고 임지모 앞에 단 한사람만이 남았다. 앞에 있는 사람이 피를 뽑아낸 뒤 인사를 하고 임지모 앞을 지나쳐 뒤로 돌아 자리로 되돌아갔다.

이제 임지모 앞에 김형사가 섰다. 김형사는 다른 신도들이 하는 것처럼 임지모에게 인사를 하고 조심스럽게 임지모의 귀에 입을 갖다 대었다. 김형사가 들릴 듯 말 듯 약한 소리로 뭐라고 임지모에게 속삭였다.

임지모가 다시 귀를 들이대면서 안 들린다는 시늉을 하였다. 그러자 김형사가 다시 조심스럽게 임지모의 귀에 대고서 조금 더 크게 이야기하였다.

"잘……모르겠어요."

김형사가 그렇게 이야기하자 이제 확실하게 그 이야기를 알아들은 임지모가 조금 웃었다. 마치 작은 바퀴벌레를 보고는 그것을 책으로 내리쳐 박살내는 사람의 눈빛으로 그렇게 이야기하는 김형사를 뚫어져라 쳐다보았다. 임지모는 웃으면서 자신의 바지춤에 차고 있던 손도끼에 손을 가져다 대었다. 김형사가 자신의 뒤춤에 차고 있던 권총에 똑같이 손을 가져다 대었다.

임지모가 웃으면서 그런 김형사에게 다가오라고 손짓을 하였다. 김형사는 임지모의 눈치를 살피면서 손을 뒤춤에 댄 채로 조금씩 임지모 앞에 다가갔다. 임지모는 마치 다른 신도들에게 했던 것처럼 작은 바늘을 하나 꺼내서는 다가온 김형사의 손가락을 찔러 피를 한 방울 낸 후에 김형사의 뒤에 기다리는 사람에게 다가오라고 손짓을 했다.

영문을 모르는 김형사가 대열에 끼어서 자기의 자리로 돌아와 앉았다. 무슨 영문인지 잘 이해할 수 없는 김형사는 그저 얼떨떨한 표정으로 앉아서 상황을 정리해 보려고 했다. 김형사는 이제 어쩔 수 없이 권총을 꺼내서 신도들과 대치하여 이곳을 빠져나갈 수밖에 없다고 생각하고 각오를 다졌던 상황이었다.

'암호가 잘 모르겠어요? 라고? 말도 안 돼.'

예식이 끝났는지 사람들이 한두 명씩 장소를 떠나서 옷을 갈아입으려고 라커룸 같은 데로 가고 있었다. 김형사는 아직도 얼떨떨한 표정으로 사람들에 밀려서 탈의실에 가서 옷을 갈아입었다. 그런데 그때 임지모가 그런 김형사에게 다가왔다.

김형사가 임지모를 바라보았다. 김형사에게 다가온 임지모가 큰 소리를 내지는 않고 속삭이듯이 김형사에게 이야기했다. 김형사는 그런 임지모의 입모양을 읽었다.

"나에게 생명을 빚졌어요."

"왜 절 살려준 거죠?"

임지모도 그렇게 이야기하는 김형사의 작은 목소리
에 집중했다.

"이미 우리가 노출된 거죠? 협조할 테니 이번엔 절 살
려주세요."

김형사가 알겠다는 듯 임지모에게 말했다.

"일종의 보험을 들어두시겠다…… 그건가요?"

임지모가 웃으면서 속삭였다.

"이 조직은 뿌리가 깊어요. 조직 전체를 알게 되면 놀
라실 겁니다."

"신도들이 당신의 귀에 속삭이듯 한 게 뭐죠? 암호 같

은 건가요?"

임지모가 대답했다.

"매달 암호를 정해서 전파하죠. 보안차원에서……"
"이번에 암호가 뭐였죠?"

임지모가 대수롭지 않은 듯 암호를 말해주었다.

"오야붕입니다."

김형사는 그럴 줄 알았다는 듯 고개를 끄덕였다.

 24

김형사는 오르페우스교 집회를 무사히 빠져나왔다.
그리고 본부에 연락을 해서 집회장소를 급습하여 증
거를 확보해 줄 것을 부탁했다. 김형사는 임지모를 끌
고 자신의 집으로 갔다. 지금 급선무는 계속해서 살인
을 저지르고 있는 마루라는 인물을 찾아내어 오르페우
스교와의 관계를 밝혀내고 한 명이라도 희생자가 더 늘
어나는 것을 막는 것이었다. 하지만 임지모와의 약속을
지키기 위해 일단 자신의 집에서 정보를 수집해볼 요량
이었다.

"마루라는 인물을 알아요?"

김형사의 그런 밑도 끝도 없는 질문에 임지모가 의아하다는 듯 물었다.

"마루요?"
"네, 그래요. 마루."

임지모는 이해가 되지 않는 듯 다시 김형사에게 이야기했다.

"마루는 내 친구의 조카인데? 당신이 마루를 어떻게 아는 거죠?"

김형사는 그간의 수사결과를 간단하게 임지모에게 설명했다. 몇 명의 희생자를 살해한 용의자로 마루가 유력하다는 것을…… 하지만 임지모는 그런 김형사의 이야기를 믿으려하지 않았다. 마루에게는 그럴만한 동기나 이유가 있을 수 없다고 생각했던 것이다. 김형사는 자신의 끄나풀인 기왕과 삼촌 그리고 레오의 이야기를 하면서 아마도 마루라는 인물이 오르페우스교에 대해 뭔가

복수 같은 것을 하는 거 아니냐는 말을 했다.

그때 김형사의 집에 초인종이 울렸다. 초인종 소리를 듣지 못하는 김형사를 보고 임지모가 말했다.

"초인종이 울려요. 누군가 왔나보네요."

임지모가 그렇게 알려주자 김형사가 현관 문 쪽으로 갔다. 그러고는 문을 살짝만 열고는 누가 왔는지 살펴보았다. 밖에서는 아무런 인기척도 발견할 수 없었다. 김형사는 문을 조금 더 열고 밖을 살폈다. 아무도 없었다. 사람의 흔적을 찾을 수 없었고 김형사가 다시 들어와서 문을 닫으려고 하는 순간, 뭔가 둔탁한 물체가 세차게 김형사의 뒷머리를 가격하고 들어왔다. 쿵 소리를 내면서 김형사가 그 자리에서 쓰러졌다.

잠시 후 눈을 뜬 김형사의 시야에 자신이 휴대하는 수갑으로 임지모와 함께 한쪽 손씩 양쪽에 채워져서는 커다란 쇠파이프처럼 보이는 배관에 끼워져 있는 것을 발견하였다. 둘은 정신을 차리고 그 배관에서 수갑을 빼내기 위해 낑낑대고 힘을 써보았다. 하지만 배관은 예상보다 훨씬 단단했고 튼튼해서 두 명의 성인이 부러뜨리거나 단면을 잘라내려고 아무리 노력해도 쉽게 잘려나가지 않았다.

그들 앞에 모습을 드러낸 것은 다름 아닌 마루였다. 하지만 마루는 보통의 모습으로 학교에나 다니는 그런 선한 대학생의 모습이 아니었다. 이미 어떤 나쁜 악령의 영향을 받고 있는 것처럼 눈 아래는 검게 변해서 초췌했고 뭔가 예민한 모습을 하고 있었다.

"자 이제부터 임지모 씨에 대한 사형집행을 시작하겠습니다."

마루는 그렇게 이야기하고는 자신의 주머니에서 낡은 노래 테이프를 하나 꺼내서는 김형사의 집 거실에 있는 조금은 오래된 것처럼 보이는 그래서 노래 테이프를 틀 수 있는 플레이어가 있는 전축을 열고 테이프를 넣었다. 그리고 플레이 버튼을 눌렀다. 음량을 최대한으로 켜서 엄청나게 시끄럽게 틀어 놓고는 이내 잠시 만족스러운 듯 소리를 듣고 있다가 유유히 문을 닫고 집에서 나갔다.

플레이어에서는 노랫소리가 들려오기 시작했다. 임지모는 몹시도 괴로운 듯 몸을 뒤틀기 시작했다. 마치 자신이 종교생활을 하면서 희생시킨 여러 명의 제물에 대한 앙갚음에 휩싸여서 괴로워하는 사람이 된 것처럼…… 그는 그 자리에서 벗어나려고 온통 힘을 주어 수갑을 풀려고 하였다. 하지만 알다시피 수갑은 풀려고 하면 할수록 더 조여 오게 마련이었다.

그때 임지모가 극단적인 선택을 하였다. 옆에 놓여있던 공구를 가지고 자신의 손목에 채워진 수갑의 앞쪽 손가락을 마구 내려치기 시작하였다. 손목이 꺾이고 이내 손가락이 부러져서 뼈마디가 드러났다. 마치 손목을 죄고 있는 수갑을 통과하기 위해 손가락을 한데 모으고 손을 모아 접으려는 듯 공구로 자신의 손을 계속 내려쳤던 것이다.

"죽는 것보다 병신이 되는 게 낫지! 안 그래?"

수십 차례 내리치자 이내 손의 모양이 상상하기 힘든 모습으로 변해갔고 그렇게 손의 모습이 심하게 변할수록 수갑을 풀어낼 확률은 높아갔다. 어쩌면 그 노랫소리는 사람을 죽이는 것뿐만 아니라 사람의 생각을 비이성적으로 만드는 그런 힘도 가지고 있는 듯 임지모는 보통사람이 생각하는 한계를 뛰어넘어 극단적인 생각을 하고 있었다.

"퍽! 퍽!"

결국 손을 수갑에서 빼내자 자연스럽게 김형사의 수갑도 배관에서 풀어져 나왔다. 하지만 아직 김형사는 한쪽 손에 수갑을 찬 채였다. 임지모가 플레이어에 달려들어 스톱 버튼을 눌렀다. 시끄럽게 흘러나오던 노랫소리는 이제 들리지 않았다. 그때 김형사가 정말 너무나도 미안하다는 표정을 지으면서 임지모를 바라보았다.

임지모는 자신의 부러지고 깨진 손을 보고 몹시도 고통스러워서 울부짖었다.

"아~! 악!"

김형사가 그런 임지모를 보고 자신의 주머니에서 작은 열쇠 하나를 꺼내서는 자신의 손목에 채워진 수갑에 넣고서는 수갑을 풀어내었다. 그것은 아무래도 수갑열쇠가 분명했다. 임지모가 그런 모습을 보고는 멍한 표정이 되어서 김형사를 바라보았다. 임지모가 손을 부셔서 수갑을 풀어낸 직후 김형사는 자신의 뒷주머니에 수갑의 보조키가 있다는 것을 기억하고 보조키를 꺼냈지만 이미 임지모의 손은 아작 난 뒤였다.

"미안…… 정말……"

임지모는 보조키를 보여주는 김형사를 죽이고 싶다

는 표정으로 바라보았다. 김형사는 정말 미안한 표정이
되어서 임지모의 손에 수건을 감싸고 그를 부축해서 집
을 나가 택시를 잡아타고 병원으로 향했다.

25

마루는 두건을 더 깊이 눌러썼다. 신도들이 두건을 쓰고 어딘가로 가고 있었고 마루도 그런 신도들을 따라서 두건을 쓴 채로 뒤따랐다. 교단은 자신들의 신도들인 가수들이 살해당하고 또 교단의 실체가 노출이 된 것을 알고 자신들의 적을 구체화하고 추적하는데 온 역량을 집중하기 시작했다.

마루는 생각했다. 만약 누군가가 자신을 쫓고 있다면 가장 안전한 곳이 어디일까? 깊게 생각하고 생각해서 내린 결론은 교단의 조직 안에 숨어드는 것이었다. 자신을 쫓는 교단의 내부에 숨어들어서 정보를 얻고 그들에게 기습을 가하는 것이 가장 효과적인 방법이라고 결론 내린 것이다.

그랬다. 누가 자신들이 쫓고 있는 사람이 바로 자신들의 조직 내에 있다고 생각하겠는가? 등잔 밑이 어둡다고, 그렇게 생각하기는 많이 힘들 것이라고 예상했다. 그래서 마루는 지금 이 곳 그러니까 서부지역의 오르페우스교의 지부에 숨어들었다. 비교적 새로 만들어진 이 지부는 아직 자리 잡은 안정적인 지부가 아니어서 보안이나 관리에 허술한 부분이 있었다.

두건을 쓰고 그들이 몰려간 것은 구내식당이었다. 그들은 식판을 하나씩 들고 음식을 배식 받은 뒤 테이블에 정연하게 앉아서 식사를 할 준비를 하고 있었다. 신도들이 하나씩 하나씩 식사를 하기 위해 두건을 벗었다. 마루도 두건을 벗어야만 했다. 혹여 그럴 가능성은 희박하지만 마루를 알아보는 신도가 있을까? 하는 걱정에 조심스럽게 두건을 벗는 마루였다.

다행이 마루를 알아보는 사람은 없었고 마루는 천천

히 식사를 하기 시작했다. 그런데 아까부터 어디선가 마루를 주목하는 시선이 느껴지는 듯 했다. 마루는 직감적으로 시선을 느끼고 식사를 하다가 잠시 고개를 돌려 그 쪽을 바라보았다. 어떤 중년의 남성이 마루를 바라보는 듯하다가 마루가 자신 쪽으로 시선을 돌리자 고개를 숙이고 식사를 했다.

마루는 그런 남자를 유심히 보았지만 자신이 알고 있지도 본 적도 없는 사람이라는 것을 확인하고는 식사를 계속했다. 하지만 그 중년의 남성은 얼마 전 김형사가 자신의 핸드폰에 찍힌 마루의 사진을 목격자에게 보여주는 과정에서 마루의 얼굴을 한 번 보았던 사람이다.

반장은 그렇게 어디선가 본 적이 있는 마루의 얼굴을 기억해내기 위해서 안간힘을 쓰고 있었다.

"누구지? 어디서 봤더라?"

오르페우스교는 경찰조직에도 침입해 있을 만큼 조직

력이 상당했다. 반장은 처음에 아이돌 여가수 2명이 교통사고로 사망했을 때 자신들의 신도들이었던 두 명과 자신이 소속된 오르페우스교와의 연관성을 은폐하기 위해서 단순교통사고로 몰아갔으며 더 깊숙이 파고들려고 하는 김형사에게 경고를 준 적이 있었다. 물론 삼촌이 병원에 입원했을 때에도 단순정신병력자의 발작정도로 사건을 축소하려고 김형사를 발령 내었던 것이다.

하지만 지금 반장은 마루의 얼굴이 어떤 사건과 관련이 있는지 매치시키지 못하고 있었다. 그런 반장에게 김형사의 문자가 온 것이 바로 그때였다.

"반장님, 어디세요?"
"어, 밥 먹고 있어."

김형사가 다시 보고했다.

"반장님. 막내 건과 관련해서 교단의 동부지부를 급습했습니다."

반장이 밥알을 씹으면서 물었다.

"그래, 무슨 성과가 있어?"

김형사의 보고가 이어졌다.

"다들 혐의 사실을 완강히 부인하고 있습니다. 그들 사이에 뭔가 약속한 게 있는 것처럼요."

반장이 모른 척하면서 넌지시 김형사에게 이야기했다.

"약속? 무슨 암호 같은 게 있다는 거야?"
"네, 일종의 말을 맞춘 암호 같은 거요."

반장이 잠시 생각하는 듯 하다가 김형사에게 문자를 보냈다.

"마루라는 사람 있지? 얼마 전에 레오 용의자라는 사람."

반장은 쓴웃음을 지으며 물었다.

"마루라는 뜻에 오야붕이라는 의미도 있나?"

반장의 그런 뜬금없는 질문에 잠시 생각하던 김형사가 문자를 날렸다.

"최고, 가장 높은 꼭대기라는 의미에서라면 연관성이 있죠."

김형사의 문자를 받고 반장이 밥알을 으깨어 씹으면서 생각했다.

'그래, 저 놈이 마루라는 놈이 틀림없어. 쥐새끼 같은 놈!'

한편, 반장과의 문자 질을 마치고 김형사는 잠시 생각에 잠기었다. 반장이 오야붕이라는 단어를 꺼내었을 때 김형사는 반장의 의중이 심히 의심스러웠다. 어째서 암호라는 말끝에 오야붕이 언급되었는지 김형사로서는 합리적으로 답하기가 힘들었다. 김형사는 옆에 있는 임지모를 이용해보기로 했다. 김형사가 자신의 핸드폰에 저장된 반장의 사진을 반신반의하면서 임지모에게 보여주었다.

"혹시 이 사람. 알아?"

반장의 사진을 본 임지모는 쓴 웃음을 지으면서 대답했다.

"간부 신도입니다. 그날 예식 때도 단상 위에 있었어요."

김형사는 그동안의 반장의 교란행위가 이해가 간다는 듯 고개를 끄덕였다. 그리고 반장은 영문도 모른 채 식사를 하고 있는 마루에게 조심스럽게 다가갔다.

 26

식사를 하고 있는 마루의 뒤에 다가간 반장이 마루가
앉아 있는 의자의 다리를 확하고 걷어 찼다.

"우당탕!"

마루가 넘어지고 의자가 굴렀다. 반장은 그런 마루를
일으켜 세운 뒤 주먹으로 얼굴을 가격했다. 불시에 기
습을 당한 마루는 잠시 정신이 혼미해져서 반장의 공격
에 속수무책으로 당하고 있었다. 식사를 하던 신도들이
옆으로 물러서서 그런 반장의 행동을 지켜보고 있었다.

반장이 소리쳤다.

"침입이야! 이 녀석 침입자라고!"

신도들이 그 소리를 듣고 웅성였다.

"잡지 않고 뭐해?"

반장이 다시 그렇게 소리 지르자 몇몇 신도들이 마루에게 달려들기 위해서 제스처를 취했다. 마루가 자신이 가지고 있는 시계의 버튼을 누른 것이 바로 그때였다. 마루는 손목에 커다란 시계를 하나 차고 있었는데 그 시계는 음악이 나오게 할 수 있는 스피커 기능도 가지고 있었다. 마루는 그들이 단체로 달려들려고 하자 갑자기 자신의 스피커시계의 버튼을 쿡하고 눌렀다.

시계에서는 커다란 노랫소리가 들려나왔다. 시계의 스피커 기능은 상당한 수준이었고 식당의 구석까지 안 들리는 곳이 없을 정도로 커다란 음량이 흘러나왔다. 처음 노랫소리가 흘러나오자 신도들은 어리둥절하였다. 뭐지? 하고 잠깐 노랫소리에 정신을 가다듬으려고 할

즈음 마루와 가까이에서 대치하고 있던 몇 명의 신도가 쓰러졌다.

"하데스의 노래다!"

뒤쪽에 있던 신도들이 앞에 있던 신도가 쓰러지는 것을 보고 소리쳤다. 그들은 마루가 틀어놓은 노래가 오르페우스가 지승에 내려가서 죽음의 신인 하데스 앞에서 연주한 음악에 빗대서 그렇게 소리 질렀다.

"죽음의 신을 소환하고 있다. 모두 귀를 막아!"

반장이 그렇게 신도들을 지휘하였다. 신도들은 반장의 말을 따라서 귀를 막기 시작했다. 휴지로 귀를 틀어막고 노랫소리를 듣지 않으려고 자신이 가지고 있는 핸드폰에 이어폰을 꽂고 다른 소리를 들었다. 그리고 그런 모습으로 마루와 대치하고 있었다. 그들이 노랫소리를 듣지 않으려고 발버둥치는 모습을 보고 마루가 갑자기 자신과 신도들을 가르는 탁자를 세차게 쾅 하고 내리쳤다.

그러자 그런 큰 충격음이 순식간에 귀를 틀어막은 신도들에게 전달되었다. 쾅 하는 소리는 갑작스러운 파열음이라서 아주 미미한 정도지만 귀를 막은 신도들의 귀막음을 뚫고 고막으로 흘러들었다. 그리고 그 파열음과 함께 노랫소리도 일부가 신도들에게 전달되었다. 마루의 의도대로 다시 몇 명의 신도가 자리에 쓰러졌다.

수십 명과 대치하고 있는 마루였지만 적은 쉽사리 마루에게 접근조차 하기 힘든 상황이었다. 얼마간의 시간이 지났을까? 마루의 시계 스피커의 배터리가 많이 소모되었다. 배터리가 모두 소진되기 전에 이곳에서 빠져 나가지 않으면 개죽음을 면치 못한다는 판단에 마루가 승부수를 걸기 위해서 스피커의 음량을 최대한으로 높였다.

"맛 좀 봐라!"

마루가 외침과 함께 스피커의 볼륨을 최대한으로 높였을 때 식당에 누군가 들어왔다. 김형사가 임지모와 함께 현장에 도착했다. 반장이 오르페우스교의 간부라는 것을 알게 된 김형사가 그런 반장의 신병을 확보하기 위해 반장의 휴대폰을 위치추적해서 이곳 그러니까 교단의 서부지부를 찾아온 것이다. 갑작스럽게 맞닥뜨린 마루와 신도들의 식당에서의 대치 상황에 적잖이 당황한 김형사가 소리쳤다.

"마루! 당장 노래를 중단하고. 투항해!"

하지만 마루는 이미 마음을 굳히고 노랫소리를 이용해 이곳을 빠져나갈 생각이었다. 마루가 노랫소리를 최대한으로 키우고 움직이려는데 그 소리를 들은 김형사에게 이상한 기운이 감지되었다. 마치 음악소리에 따라 음역대의 소리가 어느 정도인지를 시각적으로 보여주는 이퀄라이저처럼 김형사에게 전달되는 스피커의 진동이 노래를 시각적으로 보여주기 시작했다.

노랫소리를 시각적으로 보고 있는 김형사의 시야에 뭔가 이상한 기운의 검은 형체가 눈에 들어왔다. 김형사는 생각했다. 저 검은 형체가 아마도 마루의 노래에 덧입혀진 죽음의 소리라고…… 그 검은 형체는 이리 저리로 빠르게 움직이면서 신도들의 귀에 파고들기 위해서 자신의 형체를 여러 모양으로 변형시키고 있었다. 김형사가 어떻게 청각직인 메시지를 시각적으로 전환해서 볼 수 있는 지는 설명하기 힘들지만 자신의 청각적 장애가 시각적인 잠재력을 일깨운 것은 아닐까 하고 단정해 보았다.

잠시 동안 자신의 시각적인 환영에 적응하지 못하고 있던 김형사는 정신을 차리고 마루에게 서서히 접근했다. 하지만 신도들은 마루가 생포되도록 가만히 사태를 지켜보려고 하지 않았다. 어떻게 해서든 교단에 결정적인 피해를 주고 있는 마루를 제거하는 것이 최선이라고 느꼈던 것이다.

"카스트라토를 소환해!"

반장이 그렇게 소리 지르자 몇 몇 신도들이 뒤쪽으로 물러나서 자신의 몸을 감싸고 있던 예복을 벗어 던졌다. 그러고는 아주 고음의 목소리를 통해 오르페우스의 노래를 부르기 시작했다. 그렇게 아주 높은 음역대의 발성을 하는 그들에게는 신체적인 특성이 있었는데 하나같이 성기가 불완전한 모습이었다. 하지만 그들의 그런 신체적인 불완전한 모습과 대조적으로 그들이 내보내는 발성은 더없이 아름다웠다.

그들이 소환한 카스트라토는 이제 서서히 마루의 노랫소리속의 죽음의 코드를 하나하나 잡아내면서 무력화시켰다. 그리고 김형사는 그런 모습을 자신의 눈으로 보면서 검은 형체의 소멸을 확인하고 있었다.

27

카스트라토란 남성의 성기를 거세하는 방식으로 인위적으로 여성의 고음을 구사할 수 있도록 조작한 남성가수를 일컫는 말이다. 즉 쉽게 이야기하자면 남성성을 인위적으로 제거한 남성 소프라노를 말한다. 오르페우스가 동성애자들의 신으로 일컬어지기도 하는 것을 보면 어딘지 일맥상통하는 면이 있다고 할 수 있을까?

마루가 소리쳤다.

"난 죽고 싶지 않아~! 조은아!"

갑자기 마루가 그렇게 소리치자 김형사가 마루를 돌

아보았다.

"무슨 일이지?"

김형사는 깜짝 놀랐다. 분명 자신의 귀에 마루의 외침
이 들려왔던 것이다. 김형사는 마루를 보고 믿을 수 없
다는 듯 멍청한 표정이 되었다. 마루가 다시 소리쳤다.

"조은아! 살려줘!"

마루는 이제 카스트라토의 창법을 구사하는 신도들
에게 둘러싸여 마치 뿔을 잃어버린 코뿔소처럼 위기에
처했다. 그렇게 위급한 상황에 마루가 외친 외마디 비
명 같은 소리가 분명 들을 수 없는 김형사의 고막을 울
렸다.

김형사는 그 목소리의 주인공을 알고 있었다.

"준호? 민준호?"

김형사가 그렇게 이야기하는 동안 신도들은 마루를 붙잡고 자신들만의 보복의식을 거행하기 위해 커다란 칼을 들고는 마루의 머리를 내려찍을 듯한 기세였다. 마루의 비명소리를 막혀버린 귀를 통해 분명히 들어버린 김형사는 마루를 외면할 수 없었다. 김형사가 쥐고 있던 권총으로 두 발을 발사했다.

"탕! 탕!"

김형사가 발사한 총알은 정확히 마루의 머리에 칼을 내리찍으려고 하던 신도의 허벅지를 정확히 관통했다. 마루를 잡고 있던 신도들이 그런 김형사를 쳐다보았다. 김형사는 소리 질렀다.

"그 사람한테서 떨어져! 빨리!"

김형사의 윽박지르자 몇 몇이 서서히 잡고 있던 마루에게서 손을 뗀 뒤 약간 뒤로 물러났다. 갑자기 옆에 서 있던 반장이 그런 김형사에게 달려들었다. 김형사가 반

우리 동네 노래방 213

장을 향해 한 발을 더 발사했다.

"탕!"

김형사의 조준은 정확하게 반장의 허벅지를 향했고 죽지 않을 만큼의 상처를 입힌 채 반장의 허벅지를 관통했다. 김형사는 주위에 소리 질렀다.

"아직 6발 남았어. 누가 먼저 골로 갈래? 덤벼!"

김형사의 거의 미친 수준의 사격실력과 더러운 성격을 눈으로 확인한 신도들은 마루와 김형사에게서 점점 멀리 떨어져갔다. 김형사는 이제 더는 힘을 쓰지 못하는 마루를 부축해서 그곳을 빠져나오기 위해 출입문 쪽으로 향했다. 김형사가 자신들을 계속해서 주시하고 있는 신도들의 무리에 총을 겨눈 채 외부 출입문 쪽으로 서서히 나왔다. 신도들은 그런 그 둘을 계속해서 주시하면서 일정한 거리를 두고 따라왔다.

골목길 어귀에 세워둔 자동차에 올라탄 김형사가 운전대에 손을 얹고 옆에 앉은 마루에게 말했다.

"벨트 매! 나 운전……"

퍽! 하는 소리와 함께 마루가 김형사의 얼굴에 뭔가를 뿌렸다. 최루액 같은 냄새가 나는 가루를 얼굴에 뒤집어쓴 김형사가 서서히 의식을 잃어버렸다. 마루는 자신이 차를 운전해서 한 병원 응급실 앞에 김형사를 내려놓고는 차를 운전해서 유유히 사라졌다. 가까스로 의식을 회복한 김형사는 마루의 도주를 막지 못한 것을 못내 아쉬워했지만 이미 엎질러진 물이었다.

우연히도 그 병원은 삼촌이 중환자실에서 치료를 받고 있던 그 병원이었다. 김형사는 마루가 자신을 불렀던 그 목소리를 기억해내었다. 분명 어렸을 적 준호가 자신을 부르던 바로 그 목소리가 분명했다. 지금 막내는 죽었고 반장은 총상을 입은 채로 행방이 묘연하다. 최루액이 다 씻겨 지지 않아서 자꾸만 눈에서 눈물이 났다. 하지만 김형사는 최루액을 빌미로 해서 울고 있었는지도 모른다.

"좀 들어가서 눈 좀 붙이지 그래? 그러다 건강마저 상한다~."

동료 형사가 그렇게 힘들어하는 김형사를 보고 좀 들어가서 쉬라고 했지만 그는 괜찮다고 하면서 동료들로부터 뭔가 단서가 될 만한 것이 있는지 알아보고 있었다. 한 동료형사가 삼촌의 이력사항을 가지고 와서 김형사에게 내밀었다.

"도움이 될지 모르겠네……. 저 삼촌이라는 사람 이력인데……."
"어, 그래. 고마워. 한번 볼게……."

김형사는 그냥 지나가는 눈으로 삼촌의 이력을 훑어보았다.

"세한양조회사 물류직, 한미택배 택배원, 메모리얼 파크 관리직, 새한 엔터테인먼트 매니저."

김형사가 불현듯 자료를 내민 동료에게 물었다.

"여기 메모리얼파크란 건 뭐야? 공원이야?"
"아, 그거~ 그거 공동묘지야. 강촌에 있는 공동묘지."

김형사가 고개를 끄덕였다.

"아, 그래. 공동묘지~!"

참 특이한 이력이었지만 김형사는 이상한 점을 발견하지는 못했다.

 28

　김형사는 마치 술에 취해서 벤치 위에 몸을 누이고 쪽잠을 청하고 있는 노숙자같이 보였다. 언제부터 이곳 병원의 대기실 의자 위에서 몸을 눕혔는지 모르겠지만 김형사는 잠깐 잠이 들었다. 하지만 김형사는 피곤한 몸과 마음에도 불구하고 깊은 잠에 빠지지는 못했다. 마루의 행방과 자신에게 들려오는 준호의 목소리에 온통 신경이 쓰여서 쉽게 잠들지 못한 것이다.

　잠속에서도 김형사는 뭔가를 찾아서 끊임없이 질문을 하고 또 그 질문에 답하고 있었다.

　"어디서부터 시작해야 하지? 마루는 도대체 어디에

있을까?"

그런 식으로 자기 자신에게 이야기하는 김형사는 그렇게 해서라도 사건의 실마리를 잡고 싶었다. 하지만 어디서부터 시작해야 할 지 오리무중이었다.

"어디서 시작되었을까? 무슨 이야기든지 시작과 끝이 있잖아. 그래 시작이 있어야 끝이 있지……."

하지만 아무리 그렇게 수 백 번도 더 질문을 해보았지만 단서가 발견되지는 않았다. 김형사는 해답을 찾지 못하는 자신이 바보처럼 느껴졌고 또 한편으로는 미궁 속으로 빠진 사건을 다시 새로운 눈으로 바라보려고 노력했다. 인생은 태어나서 나이 먹고 결국 죽어가는 것인데 왜 그렇게 아등바등 살아야하는지 김형사에게는 요람에서 무덤까지 인간에게 있어 인생은 무얼까 하고 다시 한 번 생각해보는 계기가 되어줬다고 해야 할까? 거기까지 생각했을 때……

"요람에서 무덤까지……."

김형사는 눈을 살며시 떴다. 잠깐 동안의 짧은 잠속
에서 자신에게 물어왔던 사건의 실마리들이 스쳐지나가
면서 잠에서 깬 자신의 입안에 그 말이 맴돌았다. 눈을
살며시 뜬 김형사가 마치 주문을 외우는 것처럼 입에 붙
은 격언을 다시 이야기했다.

"요람에서 무덤까지…… 무덤."

마치 몽유병환자처럼 김형사가 대기실의자에서 일어
나 표정도 없고 감정도 없는 사람처럼 동료가 준 삼촌
의 이력서를 다시 한 번 훑어보았다.

"메모리얼파크…… 공동묘지…… 무덤."

김형사는 자동차에 올라타서는 내비에 메모리얼파크
를 입력하고 시동을 걸었다. 서울에서 길어야 2시간 거
리에 있는 강촌에 있었다. 김형사는 마음이 급했다. 하

지만 급할수록 돌아가라는 말처럼 마음을 진정시키려고 많이 노력했다. 만약 그 묘지에 주인이 없는 무덤이 있다면…… 자신이 무엇을 생각하고 있는지 그리고 어떤 상황을 예상하고 있는지 김형사는 분명히 잘 알고 있었다. 시간을 확인했다. 밤 11시. 도착하면 자정을 넘길 시간이었다.

마루는 그 순간 강촌의 한 넓은 공터에서 뭔가를 열심히 나르고 있었다. 사람들이 똑같은 단체복 같은 것을 입고 시설을 나르고 장비를 설치하고 테스트 하느라고 바쁘게 움직였다. 그곳은 일 년에 한 번씩 개최되는 록 페스티발이 열리는 장소였고 마루는 아마도 그런 행사의 스태프로 일하고 있는 것처럼 보였다.

마루는 이번 페스티발을 아주 오래전부터 준비해온 듯 보였다. 음향 시스템을 점검하는 마루의 손이 바쁘게 움직였다. 메인 엔지니어가 아니라 보조인 것처럼 보였지만 그래도 음향설비에 대한 기본 지식이 없이는 할 수 없는 일처럼 보였다. 오늘 자정부터 시작되는 페스티발은 하루 동안 꼬박 계속되어 다음날 자정에 끝나도록 되어 있었다.

한편……

미소는 시간을 확인했다. 새벽 1시. 칠흑 같은 어둠이 무엇하나도 분간하지 못하도록 방해를 놓는 그런 시간이었다. 방 안에서는 동아리 회원들이 거나하게 술을 마시면서 여러 가지 이야기를 나누거나 혹은 게임을 하거나 노래를 불렀다. 그들은 그렇게 오늘 밤을 새울 작정이었다. 미소는 잠시 바람을 쐬기 위해서 밖으로 나왔다.

마당에 평상이 하나 있었다.

"아이고. 좋다."

미소는 평상에 털썩 앉으며 그렇게 말했다. 미소도 정말 오래간만에 동아리 엠티를 따라와서 여유롭게 늦여름의 하루를 보내고 있었다. 며칠 전부터 계속해서 보냈던 메시지를 지우지 않고 다시 열어본 미소에게 답신은 보이지 않았다. 이제 슬슬 미소에게도 마루의 안위가 걱정이 되기 시작했다.

수십 번의 메시지에 한 번도 답을 해오지 않는 마루의 신변이 걱정되었던 것이다.

"그래! 잘 있겠지!"

미소가 그렇게 말하면서 핸드폰을 집어넣고 청명한 밤하늘을 올려다보았다. 정말로 수많은 별들이 마치 거짓말처럼 밤하늘을 수놓았다. 오래간만에 보는 밤하늘에 넋을 놓고 있던 미소의 시야에 뭔가가 눈에 띄었다. 민박집 옆은 바로 도로였는데 이 밤중에도 아주 뜨문뜨문 자동차가 지나가면서 헤드라이트 불빛이 미소의 시야에 들어왔던 것이다.

"뭐지?"

미소가 주목한 것은 앞마당 바로 옆 도로의 맞은편
에 뭔가가 웅크리고 앉아 있는 듯한 모습이 생뚱맞았던
것이다. 미소는 유심히 그쪽을 바라보았다. 마침 차 한
대가 지나가면서 그 모습을 좀 확연하게 비추었다. 맞
았다. 어느 소년으로 보이는 작은 체구의 사람이 몸을
잔뜩 웅크린 채 앉아서 다리 사이에 고개를 파묻은 모
습이 분명했다.

미소는 눈을 잔뜩 찌푸린 채로 그런 모습을 확인한
뒤 이상하게 뭔가 으쓱한 마음이 들어서 다시 방으로
들어가려고 평상에서 몸을 일으켰다. 그 순간……

"왕! 왕! 으르렁."

마당에 있던 그 집 개로 보이는 누렁이가 미소 앞에
갑자기 짖어대면서 나타났다. 미소는 깜짝 놀라서 다시
평상에 주저앉으며 기겁했다. 다행이 누렁이는 폴짝폴
짝 뛰어서는 길 건너편에 고개를 숙인 꼬마 앞에 가서
미소를 향해서 다시 짖기 시작했다. 미소는 그런 누렁이

를 보고 알았다는 듯 바지를 탈탈 턴 뒤 그 쪽으로 서서히 걸어가기 시작했다.

미소가 앞마당을 지나쳐 나오는데 뒤편으로 보이는 팻말에 헤드라이트가 비추면서 명확하게 글자가 보였다.

"메모리얼 파크."

강촌에서 오늘부터 시작되는 록 페스티발 때문에 뒤늦게 민박집을 수소문한 동아리는 공동묘지와 면한 이 민박집 밖에는 예약할 곳이 없었다.

 29

"후드득~"

뭔가가 위에서 떨어져 내려왔다. 그게 뭔지는 몰랐지
만 준호는 뭔가에 갇혀 있다는 생각을 하였다. 조심스
럽게 입가에 떨어진 물건을 입에 넣고 맛보았다. 흙맛이
났다. 그랬다. 그것은 흙이었다. 그리고 흙이 위에서 떨
어진 것으로 보아서는 자신이 어딘가 땅 아래에 묻혀있
다고 짐작할 수 있었다.

"아~!"

누가 들을 수 있을까? 하여 소리를 질러보았지만 그

것은 앞에 있는 벽 같은 데 막혀서 다시 자신에게로 되돌아오는 듯했다. 그리고 자신이 누워있는 그 관 같은 좁은 공간에서 단 몇 십 센티도 움직일 수 없는 자신을 발견하고 준호는 고통에 떨었다. 가슴에 얹혀 있는 뭔가를 발견한 것이 바로 그때였다.

준호는 손을 더듬어서 그것을 만져보았다. 카세트였다. 준호가 조심스럽게 버튼을 찾아서 누르자 챠르르르 소리를 내면서 안에 있는 노래 테이프가 돌아갔다. 그 속에서 노래가 흘러나왔다.

"처음 느낀 그대 눈빛은 혼자만의 오해였던가요……."

유재하의 슬픈 노래를 시작으로 노래는 계속되었다.

사람들로 북적이는 스테이지의 앞쪽 자리에는 사람들이 수없이 몰려 있어서 쉽게 범접하기가 힘들었다. 이제 얼마 전에 시작된 페스티발을 조금 이라도 더 실감나게 즐기려고 많은 젊은이들이 공연이 시작되기 몇 시간 전 부터 대기하고 있었다. 미국과 유럽의 유명한 록 밴드들도 참여하게 된 이번 콘서트는 많은 관심을 불러 일으켰고 실황을 촬영하기 위해 방송국에서도 스태프 들이 참여했다.

첫 테이프를 미국의 떠오르는 록그룹 이매이진 드래 곤이 끊었다. 객석의 친구들은 강력하고도 도발적인 사 운드에 심취해서는 노래를 따라 부르고 또 박수를 치면 서 그룹의 노래에 심취했다. 수 킬로 밖에서도 보일정도 로 환하게 켜놓은 조명으로 인해 마치 어둠속의 한 줄 기 빛처럼 많은 부나방 같은 미천한 것들도 모여들고 있 었다. 그리고 미소역시 한 어린아이의 손에 이끌려 수 백 미터 떨어진 민박집에서 이쪽으로 걸어오고 있었다.

"뭐지?"

사람들이 하늘에서 떨어지는 뭔가에 놀라서 하늘을 쳐다보고 떨어지는 것을 손바닥에 받아서 살펴보았다. 마른하늘에서 흙이 떨어지고 있었다. 흙이. 마치 준호의 관속에 떨어지던 흙처럼 하늘에서 흙이 떨어지고 있었다.

"탁 타닥!"

갑작스러운 파열음과 함께 조명탑의 전구가 꺼졌다. 마치 갑작스러운 정전처럼 스테이지와 객석 전면이 모두 어둠으로 뒤덮였다. 하지만 이미 음악에 취해 흥분한 젊은 관객들은 자리를 떠나지 않았다. 그리고 불이 꺼지고 음악이 중단된 스테이지에서 노랫소리가 흘러나왔다.

"나의 모든 사랑이 떠나가는 날이~ 당신의 그 웃음 뒤에서 함께하는데에~"

준호는 팔 다리가 저려왔다. 팔 다리가 마비될 정도로 저려왔다. 물 한 모금도 마실 수 없어서 목이 아플 정도로 말랐다. 하지만 그래도 노래가 있어서 조금은 더 참을 수 있을 거 같았다. 지금 여기에 노래마저 없다면 어땠을까 하고 생각하자 노래가 너무나도 고맙게 느껴졌다. 하지만 한편으로 이 노래가 나를 여기 파묻은 범인이 남긴 노래라고 생각하니 깊은 저주의 마음이 들었다. 준호는 그렇게 천사와 악마사이의 경계를 타고 위험한 외줄놀이를 하고 있었다.

어두운 밤에 흙비가 내리고 옛날 죽은 가수의 노래가 흘러나오는 현장은 이제 지옥이 될 만반의 준비를 갖추어가고 있었다. 스태프로 무대 뒤편에 있던 마루가 어두워진 스테이지에 나왔다. 어두워진 객석의 관객들이 자신들이 가지고 있던 휴대폰의 조명을 켜고 흘러나오는 노랫소리에 휴대폰을 흔들면서 호응했다.

반짝이는 휴대폰이 장관을 연출하고 있었다. 마루는 자신이 가지고 있던 핸드폰을 켜고 미소의 메시지에 답장을 보냈다. 미소의 핸드폰이 밝게 빛나면서 신호음이 들렸다. 그리고 민박집의 누렁이가 물고 있던 미소의 휴대폰이 불을 밝혔다. 누구의 무덤인지 알 수 없는 어떤 구석의 작은 묘 앞에서 누렁이의 입에 있는 핸드폰이 빛나는 것을 목격한 김형사는 바로 그 묘가 문제의 묘일

거라고 생각했다. 김형사는 누렁이가 있던 묏자리를 삽으로 파기 시작했다.

준호는 이제 더 이상 버티기가 힘들었다. 그리고 자신이 누워있는 관의 아래쪽이 열리는 것을 느꼈다. 아래에서는 지옥의 불길이 준호를 끌어당기기라도 하듯 넘실대면서 도발했다.

"제발…… 제발."

지옥의 불에 대항할 수 있는 천사의 희망이 없는 준호로서는 그냥 그렇게 애원할 수밖에 없었다. 악마가 되지 않으려는 준호의 발버둥은 더욱 더 다른 희생자를 찾으려는 악마의 눈에 불을 댕겼다. 객석에서 노래를 따라 부르던 관객 몇 명이 쓰러졌다. 사람들은 간혹 공연장에서 보이는 실신이라고 생각했는지 별다른 조치를 취하지 않았다.

아래에 있는 불구덩이로 떨어지지 않으려고 노력하면

할수록 준호는 자신이 더 나빠진다는 것을 알았다. 준호는 이제 모든 것을 포기하고 가까스로 매달려 있던 몸에 힘을 풀었다. 몸이 아래로 빨려 들어가는 것을 느꼈다. 하지만 이상하게도 편안한 마음이 들었다.

"이제 끝이구나……."

그때 누군가 준호의 손을 잡았다. 준호는 눈을 떴다. 어떤 어른으로 보이는 남자가 자신의 손을 잡고 있었다. 그것은 김형사였다. 김형사는 한눈에 준호를 알아보았다.

"준호야! 이제 괜찮아!"

김형사가 그렇게 말했고 준호는 눈을 감았다.

 30

　김형사가 준호의 손을 잡았다. 십수 년이 지나도록 백골이 진토 되지 않고 그대로의 모습을 유지하고 있던 준호의 사체가 김형사로 하여금 준호를 알아보게 하였다. 마치 죽은 준호가 그런 김형사를 보고 웃는 것처럼 느껴졌다.

　하늘에서는 여전히 흙이 떨어지고 있었다. 미소는 그런 상황에서 아이의 손에 이끌려 무대가 보이는 객석에 이르렀다. 무대 위의 마루는 그런 미소를 단번에 알아보았다. 마치 조명을 미소에게 비춘 듯이 마루의 눈에는 미소가 명확하게 보였다.

"다 죽여 버리고 말거야!"

마루는 그렇게 소리쳤다. 하지만 그것은 마루의 목소리가 아니었다. 스피커를 통해서 마루의 여과 없는 분노가 퍼져나갔다. 미소는 무대 위에 있는 마루를 보고 반신반의 하였다. 마루의 모습이 분명하다고 확신하는 순간 마루가 미소를 향해서 소리 질렀다.

"도와줘. 난 잘못이 없어. 시키는 대로 했을 뿐이야!"

미소는 그렇게 이야기하는 마루를 보고 측은한 생각이 들었다.

병원의 중환자실에 있던 삼촌은 고통에 겨워서 정신을 차리지 못하고 있었다. 상태가 심각하다고 느낀 간호사가 담당 의사를 불렀다. 삼촌의 상태를 체크한 의사는 원인을 알 수 없지만 환자가 호흡곤란 상황이라고 하면서 간호사에게 주의를 당부했다.

삼촌은 급하게 말했다. 자기 손을 좀 잡아달라고. 마침 곁에서 같이 치료를 받고 있던 임지모가 그런 삼촌에게 다가와 손을 잡아 주었다. 삼촌은 손을 잡아주자 마음이 조금 진정됐는지 말했다.

"전 죄가 많아요. 제발 절 좀 용서해 주십시오. 한 아이를 납치해서 매장했습니다."

임지모는 삼촌의 고백에 눈시울을 붉히면서 다시 더세게 손을 잡으면서 말했다.

"나야, 나. 지모야. 모르겠어?"

친구인 임지모가 그렇게 이야기하자 삼촌은 울면서 이야기했다.

"지모야. 마루 좀 부탁한다. 이제 내가 가면 누가 마루를……"

"그래, 걱정하지 마라. 내가 보살펴줄게."

삼촌과 임지모가 그렇게 눈물을 보였다.

콘서트장에 내리던 흙이 잦아들었다. 그리고 그 흙은
점점 물방울로 바뀌어서는 부슬부슬 내리기 시작했다.
마치 삼촌의 눈물이 비가 되어 내리는 것처럼 그리고 그
빗방울을 맞고 서 있는 마루는 삼촌의 눈물을 닦아주
듯이 자신의 안경에 떨어진 빗물을 자꾸만 닦아내었다.
마루는 왜 자꾸만 눈물이 나려고 하는지 알 수 없었다.

묘 앞에서 준호의 손을 잡고 있던 김형사에게도 빗방
울이 떨어졌다. 이상한 것은 그 빗물이 준호의 시신에
닿자 시신이 마치 지우개로 지워지듯이 사라지고 있었
다는 것이다. 김형사는 짐작할 수 있었다. 아 이 빗물이
준호의 한을 풀어주고 있구나. 김형사는 준호가 그렇게
한을 풀고 편안하게 저승으로 갈 것을 빌고 또 빌었다.

미소는 그런 마루에게 소리를 질렀다.

"마루야! 나야, 미소! 마루야!"

미소의 소리는 관중의 함성에 묻혀서 사그라졌다. 마루는 공허했다. 지금까지 자신을 지탱해준 뭔가에 대한 증오가 모두 자신에게서 빠져나가는 듯한 느낌이 들었고 그 공허감을 채워줄 수 있는 것은 없는 것처럼 보였다. 순간 마루는 미소의 목소리가 들려오는 것을 느꼈다.

"마루야. 나야, 미소. 힘들지? 거기서 내려와서 우리 친구들한테 가자."

마루는 고개를 세차게 흔들었다. 다시는 예전의 마루로 돌아갈 수 없을 만큼 너무 멀리 떠나왔다고 마루는 생각했다. 마루는 김형사와 헤어지면서 몰래 빼내었던 김형사의 권총을 뒤춤에서 꺼내었다. 그런 모습을 지켜보던 관중석에서 비명이 터져 나왔다. 웬 미친놈이 권총을 들고 있으니 이건 묻지 마 범죄라고 생각한 무대 앞의 관객들이 빠르게 흩어지면서 무대에서 멀어지려고 발버둥을 쳤다.

그런 소동 때문에 미소가 마루를 향해 소리치는 것이 마루에게 들리지 않았다. 미소는 들리지 않는 마루에게 이렇게 소리 지르고 있었다.

"마루야, 안 돼! 난 널 좋아한단 말이야! 마루야! 널 좋아한다고!"

마루는 미소의 들리지 않는 소리가 자신을 더 공허하게 만들기라도 한 것처럼 권총의 총구를 자신의 관자놀이에 가져다 대었다.

김형사는 이제 빗물에 씻겨나가듯이 모두 사라진 준호의 시신을 확인하고 조용히 관 속을 들여다보았다. 카세트와 그 안의 노래 테이프. 그것을 확인하는 순간 멀리에서 탕 하는 총소리가 마치 종소리처럼 명확하게 김형사의 귀에 들려왔다. 김형사는 놀랐다. 들리기 시작한 청력에…… 늦여름의 풀벌레 소리와 나무를 스치는 바람소리 그리고 멀리서 들려오는 새벽의 여명이 불러오는 많은 소리들이 김형사의 귀에 똑똑히 들려왔다.

어쩌면 들리지 않는 귀로도 들을 수 있는 많은 것들과 이제 이별을 고해도 될 만큼 사람들은 그리고 마루는 악해졌었고 그래서 다시 되돌아오는 길이 멀고도 험할 테지만 그래도 그럴만한 가치가 있다는 생각이 김형사에게 들렸다. 하지만 그 마지막 한 발의 총성이 누구를 겨냥했는지 알 수 없었고 다만 관속의 카세트에서 옛날 노래가 흘러나왔다.

"처음 느낀 그대 눈빛은 혼자만의 오해였던가요~."